PLEASE SAVE MY EARTH

6

Saki Hiwatari

Das heimliche Treffen von Alice und Haru löst bei den Freunden große Verwirrung aus. Als Rin dann auch noch von der Auflösung seiner Verlobung mit Alice erzählt, verstehen Sakura, Daisuke, Jinpachi und Issei langsam gar nichts mehr.
Währenddessen lässt Alice die Ginkgo-Bäume vor dem Musikraum wachsen und im fernen Kyoto bekommt Tamura eine Einladung zu einem unerwarteten Treffen...!!

Please Save My Earth 6

PLEASE SAVE
MY EARTH

WIE? WAS?
DRÜCK DICH BITTE ETWAS DEUTLICHER AUS!
HIIRAGI, JETZT KAPIER DOCH!
WIR SIND GERADE IN EINEM PARK!
UND DA HABEN WIR ZUFÄLLIG GESEHEN ...
... DASS HARUHIKO KASAMA UND ALICE ...
... EIN DATE MITEINANDER HATTEN!

WIR KONNTEN IHR GESPRÄCH NICHT SO GUT VERSTEHEN, ABER...
... ES SAH SO AUS, ALS OB HARU ALICE IRGENDWIE SO SEHR BEDRÄNGTE ...
... DASS ALICE-SAN SCHLIESSLICH VOR IHM WEGLIEF!
SAG MAL, KÖNNEN WIR VORBEI-KOMMEN ?!

... ALICE-SAN ...
GYO-KURAN HAT AUCH ...
WIE HABEN DIE BEIDEN SICH BLOSS KENNEN GELERNT ?!
ES KAM MIR NICHT GERADE WIE EINE BAGATELLE VOR!
... DA-RAUF BE-HARRT, DASS ...
... ALICE-SAN MOKUREN IST, NICHT ?
ALSO, ICH HAB VON JINPACHI GEHÖRT ...
UND DANN ...

... DASS IHM HAJIME, ALICES KLEINER BRUDER, ERZÄHLT HAT, DASS...
... SHU ...
... AL-SO RIN-KUN UND ALICE-SAN, SIE ...
... SIE SIND VERLOBT... SAGT ER ...

DING DOOONG
ICH KOMM SCHON!
ACH! ALICE-CHAN!
GUTEN ABEND.
ÄHM ... IST RIN-KUN SCHON ZU HAUSE?
ALICE! DA BIST DU JA WIEDER!

WIE WAR DEIN DATE ?
DU, RIN-KUN ...
.. WÜRDEST DU MIR BITTE EHRLICH ANTWORTEN ?
WA-RUM ...
... WOLLTEST DU MICH UND SHION-KUN ZUSAMMEN-BRINGEN?

NUN, IHR WOLLTET SCHLIESSLICH HEIRATEN!
... RIN-KUN ... WARUM ...
... WARUM WILLST DU MICH UNBEDINGT ZU MOKUREN MACHEN... ?
ICH ...
... BEGREIF NICHT, WAS IN DIR VORGEHT.
ICH BEGREIF KEIN BISS-CHEN.

VER-
ZEIH
MIR,
ALICE
...
WÜRDEST
DU BITTE
FÜR HEUTE
GEHEN?
VER-
ZEIH
MIR.

Adieu, Sommer

Klasse 2-1

Rin Kobayashi

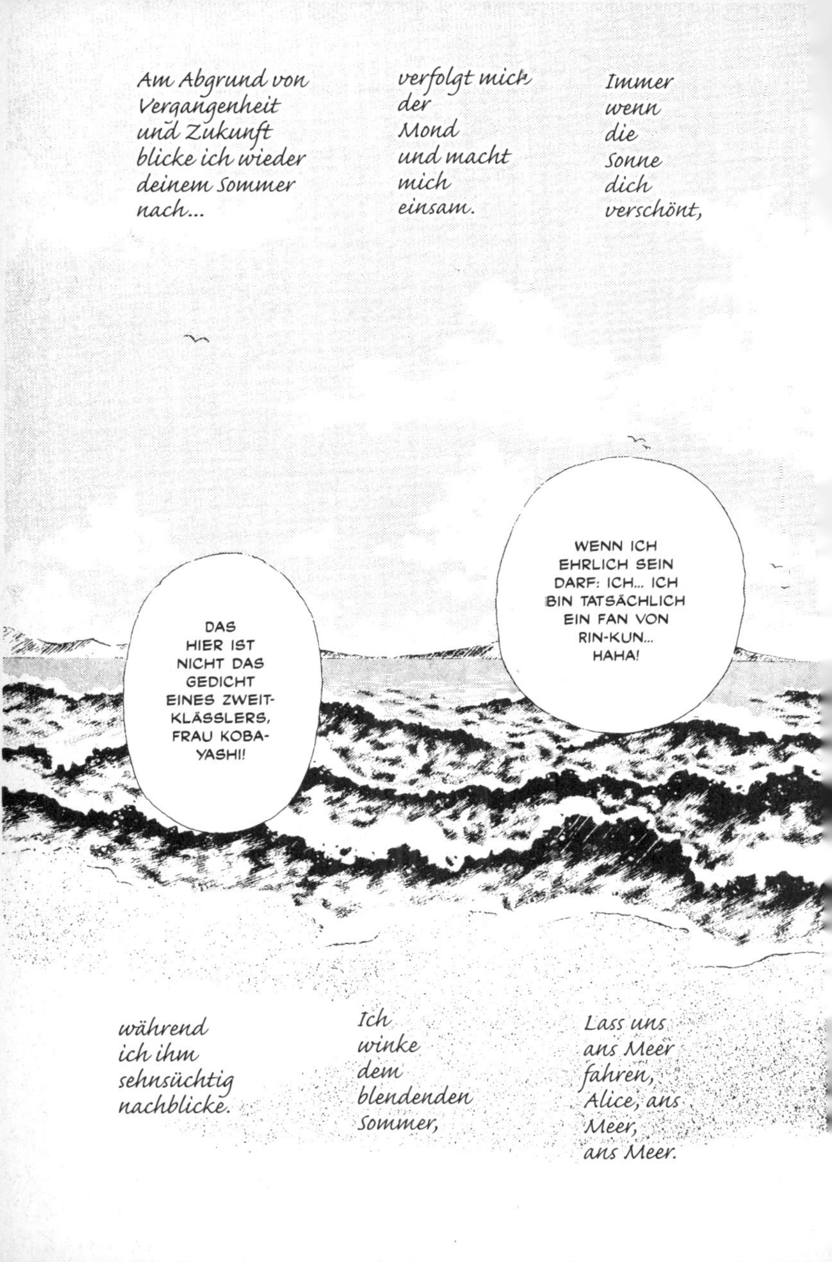
Immer wenn die Sonne dich verschönt,
verfolgt mich der Mond und macht mich einsam.
Am Abgrund von Vergangenheit und Zukunft blicke ich wieder deinem Sommer nach...
WENN ICH EHRLICH SEIN DARF: ICH... ICH BIN TATSÄCHLICH EIN FAN VON RIN-KUN... HAHA!
DAS HIER IST NICHT DAS GEDICHT EINES ZWEIT-KLÄSSLERS, FRAU KOBA-YASHI!
Lass uns ans Meer fahren, Alice, ans Meer, ans Meer.
Ich winke dem blendenden Sommer,
während ich ihm sehnsüchtig nachblicke.

MAN KÖNNTE IHN... FRÜHREIF NENNEN ...
NICHT NUR WEGEN DEM GEDICHT, SONDERN AUCH IN ANDEREN BEREICHEN.
WAS DIESE... GEWISSE GENIALITÄT ANGEHT, SO BLITZT SIE NUR HIN UND WIEDER AUF.
WENN ICH MISSTRAUISCH WÄRE, DANN ...
... WÜRDE ICH SAGEN, ER TUT SO, ALS OB ER DURCHSCHNITTLICH WÄRE... NUN...
... ZUMINDEST VERMUTE ICH DAS MANCHMAL... VERSTEHEN SIE?
JA ...
WIE WÄRE ES, FRAU KOBAYASHI ...
... WENN SIE DIESEN SOMMER IN ALLER RUHE DIE ENTWICKLUNG SEINER EMPFINDUNGEN FÖRDERN WÜRDEN?
EIN WENIG LÄSST DIESES GEDICHT JA AN "EINSAMKEIT" DENKEN... VIELLEICHT SOLLTEN SIE MIT DER GANZEN FAMILIE URLAUB AM MEER ODER IN DEN BERGEN MACHEN...!

ÜBRIGENS, WER IST EIGENTLICH DIESE "ALICE"?
AH, NUN, ALICE-CHAN ...
... IST, ÄHM... RINS VER-LOBTE.
AH... ACH SO, EINE ABMACHUNG UNTER DEN ELTERN...
ÄHM, NEIN... ES WAR RINS WUNSCH.
OH, DER JUNGE MACHT MICH WIRKLICH FERTIG!
EINE KLASSEN-KAME-RADIN ?
NEIN... ALICE-CHAN BESUCHT ZURZEIT... STUFE 2 DER HIGHSCHOOL.
OH ...

BIN WIEDER DA !
AH, HALLO !
EIN WENIG LÄSST DIESES GEDICHT ...
... AN "EINSAMKEIT" DENKEN ...
SOLLEN WIR IM SOMMER ANS MEER FAHREN ?!
ZUSAMMEN MIT ALICE UND IHRER FAMILIE ?!
DU ...
... RIN ?
HM ?

WAS IST LOS MAMA ...?
Aktien verkauft, oder was?
NICHTS IST LOS! IST DOCH EINE TOLLE IDEE, ODER?
WENN PAPA HEIM-KOMMT, FRAGEN WIR IHN MAL ... ... OKAY ?
Aaargh, dieses Kind...
PERPLEX
KLAR!
GUT, ABGE-MACHT !
WAS MÖCHTEST DU ZUM ABEND-ESSEN?

BRAT-KARTOFFELN, SPIEGELEIER UND SPINAT!!
YES, SIR!
DU, MAMA ... WEISST DU ...
JA, WAS DENN?
ICH WERDE DIE VER-LOBUNG MIT ALICE LÖSEN.

DIE VER-LO-BUNG IST AUF GE-LÖST ?!
NA SUPER, NEE-CHAN !

ALSO EHRLICH, DIESER RIN ...
ERST KANN ER ABSOLUT NICHT VON DIR LASSEN, UND DANN ÜBERLEGT ER ES SICH PLÖTZLICH ANDERS... UN-GLAUBLICH!
MAMA, GIBT'S BALD ESSEN?
PUH, BIN ICH FROH!
DANN IST ES JA AUCH NICHT MEHR NÖTIG, DICH MIT JINPACHI OGURA ZU VERKUPPELN ..
Is mir heiß!
... HAJIME ... DU BIST DOCH ...
ALICE!
RIN-KUN IST DA!

HI!
WIE GEHT'S?
GEHN WIR EIN BISSCHEN RAUS?
RIN-KUN ...
... WA-RUM ...?

DU FRAGST IMMER NUR ANDERE ...
DU BIST FIES ... ALICE.
... ABER NIE DICH SELBST.
DU BEGREIFST NICHT, WAS IN MIR VORGEHT ...
... HAST DU GESAGT.
FOR GENERATIONS

PFH... WIE KÖNNTEST DU AUCH.
DU VERSUCHST ES JA NICHT MAL.
DA-BEI SIND DIE ANT-WOR-TEN ...
... ALLE IN DIR.
FOR GENER ATIONS
NUMBER OF FORWARD
team in possession
... WAS SOLL ...
... DAS ?
DU BIST SO STUR... DU...
... WILLST NICHT EIN-MAL ...
... DARAN DENKEN, DASS DU... MOKUREN SEIN KÖNN-TEST.

MÖGLICHERWEISE ...
... HINDERT DICH UNSERE VERLOBUNG DARAN, IN DIESE RICHTUNG ZU DENKEN ...
... HAB ICH MIR ÜBERLEGT ...
DAHER GEB ICH DICH WIEDER FREI.
DENK DOCH NOCH EINMAL DARÜBER NACH, OB DU DICH NICHT GETÄUSCHT HAST UND ...
... VIELLEICHT DOCH MOKUREN WARST.
FOR GENERTIONS

SHION WARTET SCHMERZLICH...
... AUF DEIN ERWACHEN.
ER HAT DICH NICHT AUFGEGEBEN ...!
ALICE ...
ICH ...
... ICH ...
ICH LIEBE DICH WIRKLICH, DESHALB ...!

WENN DU SAGST, DU BIST ES NICHT, DANN...
... MUSS SHION BIS IN ALLE EWIGKEIT WEITER-SUCHEN.
OBWOHL DAS ERSEHNTE DIREKT VOR SEINEN AUGEN IST...
... MUSS ER AUSHARREN, BIS SEINE HAARE WEISS WERDEN ...

SAG MIR, ALICE ...
... OBWOHL DIES DAS UTOPIA IST, WELCHES WIR ERTRÄUMTEN...
... OBWOHL ICH SO NAH BEI DIR BIN ...
... WIESO BIN ICH SO ...
VOLLER ANGST ?
WIESO MUSS ICH ...
... JEDE NACHT VOM MOND TRÄUMEN ?
ICH WEISS NICHT, OB DIE REALITÄT HIER ODER DA IST...
... ICH WEISS ES NICHT!

ÖFFNE ICH DIE AUGEN, IST NIEMAND DA.
ICH BIN ALLEIN.
DU, MEINE ELTERN, DIE ERDE, DAS ALLES ...
... IST EIN TRAUM.
ICH BIN ...
... AUF DEM MOND UND ...
... GANZ AL-LEIN.
WO ICH AUCH SU-CHE ...
... DU BIST NICHT DA.
UND SO KEH-RE ICH WIE-DER ...
... ZU-RÜCK IN DIESE TRAUM-WELT ...
... ZURÜCK ZU DEM GLÜCK-LICHEN UND GRAU-SAMEN TRAUM...
... UM DICH ZU TREFFEN... IMMER WIEDER.

ENT-SCHUL-DIGE.
ICH HAB... WIRRES ZEUG GERE-DET...
RIN-KUN ...?!
WIRST DU MIR AUCH NACH ...
... AUF-LÖSUNG UNSERER VERLOBUNG AB UND ZU ETWAS ZEIT SCHENKEN ?
FOR GENERATIONS
WIE KANNST DU NUR FRA-GEN !
SO VIEL, WIE DU WILLST, RIN-KUN ... !
ICH ... !

SMILE
WIE SCHÖN !
FOR GENERATIONS
GEHN WIR HEIM, ALICE.
TUT MIR LEID WEGEN HEUTE.
"ICH...!"
...?

"ICH...!"...?
"ICH...!"
WAS WOLLTE ICH DANACH WOHL SAGEN...
ES WAR EIN TOTAL MERK-WÜRDIGES GEFÜHL.

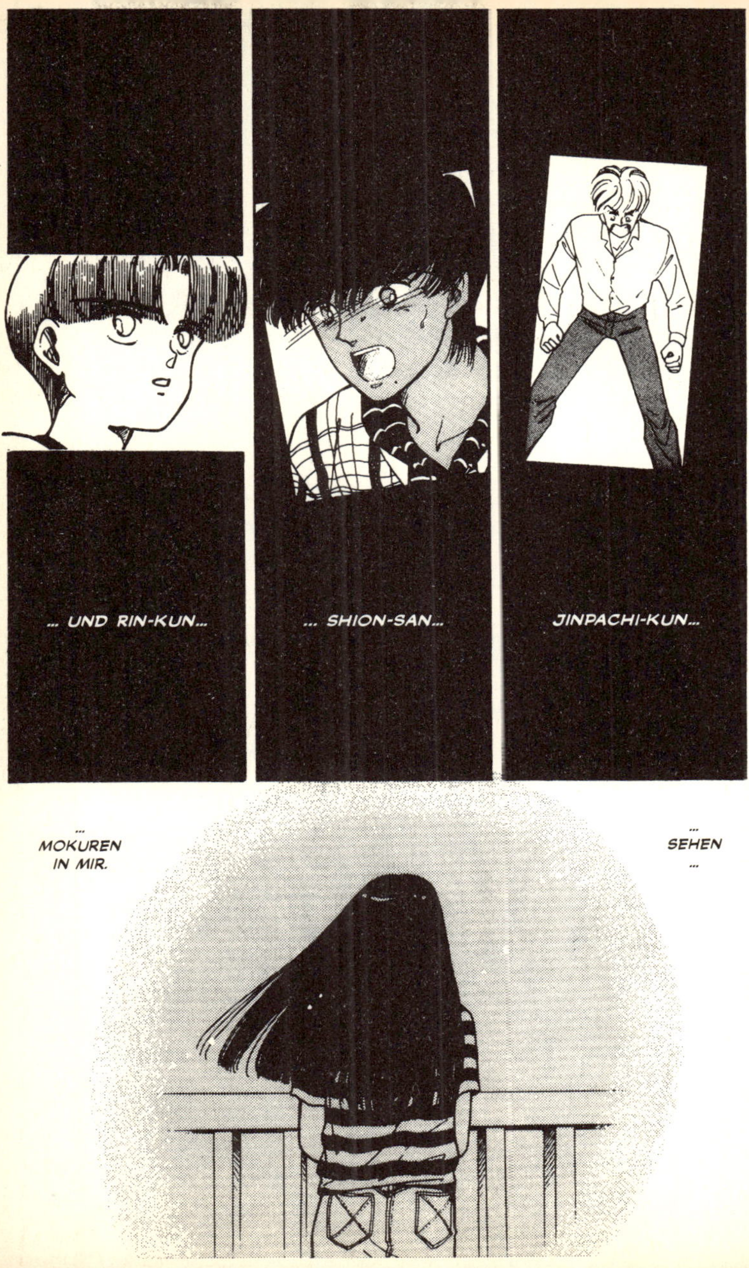
JINPACHI-KUN...
... SHION-SAN...
... UND RIN-KUN...
... SEHEN ...
... MOKUREN IN MIR.

ABER... ES IST WAHR...
GENAU WIE RIN-KUN GESAGT HAT...
... ICH WILL NICHT MAL DARAN DENKEN.
VIEL-LEICHT SOLLTE ICH... ES RUHIG EINMAL VER-SUCHEN.
WENN ICH EINMAL ÜBERLEGE, DASS ES SEIN KÖNNTE...
ES NUR ZU DENKEN, IST JA NICHT ANMASSEND... EIGENTLICH...
SCHLIESSLICH IST AUCH RIN-KUN ÜBERZEUGT.

KOMISCH.
ICH DENKE MEHR ÜBER RIN-KUN NACH ALS ÜBER SHION-SAN, FÜR DEN ICH DOCH SO GESCHWÄRMT HABE.
WEIL ICH RIN VERSTEHEN MÖCHTE ...
TU ICH DAS AUS PFLICHT-GEFÜHL ... ?
ICH WEISS ES NICHT ...
... BEMÜHE ICH MICH ZU GLAUBEN, DASS ICH MOKUREN BIN ...
ICH WEISS ES NICHT ...

WAS?! SHION UND ALICE HABEN SICH HEIMLICH GETROFFEN ... ?!
ES SCHEINT SO.
100 Punkte für diese richtige Antwort!
...
AUSSERDEM HABE ICH... DIE SACHE MIT DER VERLOBUNG...
... VON RIN-KUN UND ALICE-SAN ERZÄHLT.

EIN BISSCHEN GESCHWÄTZ Teil I

Guten Tag. ❤
Hier ist eure Saaaaki! 💧
Seufz! 💧
Gleich zu Anfang muss ich mich entschuldigen: 💧
Im Finale-Geschwätz von Band 5 habe ich die Hexenprinzessin "Kuki-Sippe" sagen lassen, doch das war ein Dreher, es heißt "Kiku-Sippe".*
Verzeiht mir! 💧
Nun, diesmal werde ich, wie angekündigt, ausführlich über die Geschichte meiner Mangaka-Karriere schreiben.
Als ich mit Mangalesen anfing... wie alt mag ich da gewesen sein...?
Es ist nämlich so, dass meine Eltern eine Buchhandlung haben, deshalb kommt es mir so vor, als wäre ich schon Mangaleserin gewesen, bevor mein bewusstes Erinnerungsvermögen beginnt...
Ich hab mir alles gegriffen, was ich interessant fand, egal ob für Jungs oder für Mädchen und quer durch alle Genres.
Unter all diesen Manga gefielen mir die von Osamu Tezuka-sensei ganz besonders gut!

*Anm. der Redaktion:
Dieser Fehler ist mittlerweile auch in der japanischen Ausgabe korrigiert.

EIN GEHEIMES TREFFEN... WANN?!
UND WO ?!
IM MINATO-PARK... NEULICH AM SONNTAG...
DA IST WAS FAUL !
WIESO KENNEN SICH DIE BEIDEN ÜBERHAUPT ?!
APROPOS, WIE KOMMT ES EIGENTLICH, DASS IHR BEIDE DORT WART?
Wo du gerade von faul redest ...
EH?
ÄH, ALSO, WEIL ...
... ICH NACHFRAGEN WOLLTE !
NACH DEM GRUND, ODER BESSER DER URSACHE FÜR SHIONS SELBSTMORDVERSUCH...
ES GING MIR EINFACH NICHT AUS DEM KOPF.
Mlle. Comin Soon

UND? KONNTEST DU ETWAS ERFAHREN ?
NEIN, TAMURA-SAN WAR NICHT DA...
ER IST NACH KYOTO GEFAHREN UND ...
SURPRISE !!!
ENT-SCHUL-DIGT, DASS ICH SO FRÜH DRAN BIN...

ICH HABE WOHL DAS MEISTE GEHÖRT.
HAST DU DANN VERSUCHT, IN KYOTO ANZURUFEN, SAKURA-SAN?
EH...? ÄH, NEIN.
BEI DENEN IST ES ÜBLICH, DASS NUR ER SELBST DIE NUMMER HERAUSGEBEN DARF.
Mile.
ACH SO?
SCHADE, ICH HÄTTE SIE GERN GEWUSST.
ÄHM ...
UND... WAS DIESES GEHEIMTREFFEN ODER SO ANGEHT, REDET IHR VON DEM TAG, ALS ICH DIE BEIDEN MITEINANDER BEKANNT GEMACHT HABE...?

WAAAAS?!
MITEINANDER BEKANNT GEMACHT?! DU?!
WARUM ?!
WAS ?!
SIE WOLLTEN SICH HALT GERN MAL TREFFEN ...
UND ALICE ...
SIE SAGTE, DA SIE NICHT MOKUREN SEI, KÖNNE SIE IHN NICHT AUF DEM TREFFEN KENNEN LERNEN ...
... UND SIE FINDET HARU DOCH SO SÜSS!

WAS GEHT ...?!
KAPIERST DU NICHT ...
... DASS ER DEIN RIVALE IST?!
WIR WISSEN ...
... DASS DU MIT ALICE-SAN VERLOBT BIST!!
DIE VERLOBUNG HAB ICH NEULICH GELÖST.

Men's Melrose nineteen seventy-five
SHION HAT MICH ÜBER-ZEUGT.
ER SAGTE, ALICE SEI ZU BEDAU-ERN ...
... UND SO IST ES JA AUCH ...
...

WAS IST MIT DIESEM SHION EIGENTLICH LOS ...?!
LANGSAM WERDE ICH AUCH MISSTRAUISCH!!
SELBSTMORD, SAGT IHR?!
LEUTE!
ICH GLAUB, WIR SOLLTEN UNS ERINNERN!
WIR MÜSSEN UNS ERINNERN!
AUCH AN UNSERE PASSWÖRTER!

ES WAR DOCH SO, DASS ES DESWEGEN STREITEREIEN GAB, ODER?!
UND SHION STAND DABEI IM MITTEL-PUNKT!
WIR MÜSSEN UNSERE ERINNE-RUNGEN ZUSAMMEN-FÜGEN!
WIR WERDEN DIE ZEITLICHE ABFOLGE UND DIE EREIGNISSE PRÄZISIEREN, INDEM WIR UNSERE JEWEILIGEN TRÄUME VER-GLEICHEN!
PASS-WÖR-TER ...?
WAS IS DAS NOCH MAL?

WEISST DU ETWA NICHTS MEHR VON DEN PASSWÖRTERN, JINPACHIIII?!
NÖ.
BOUUUH
ALSO ICH ERINNERE MICH MIT ALLER KLARHEIT DARAN!
WARUM HAT ENJU NUR SO EINEN KERL GELIEBT ?!!
"SIE SCHAUEN IM TRAUME DAS GLÜCK-LICHE LAND"!
ACH DU LIEBE GÜTE, DAS IST NICHT DEIN ERNST! IST DAS NICHT EINE ZEILE AUS "ZIGEUNER-LEBEN" ?!
HA HA HA HA HA
WIE BIST DU DENN DARAUF GEKOM-MEN ?!
Men's Melrose

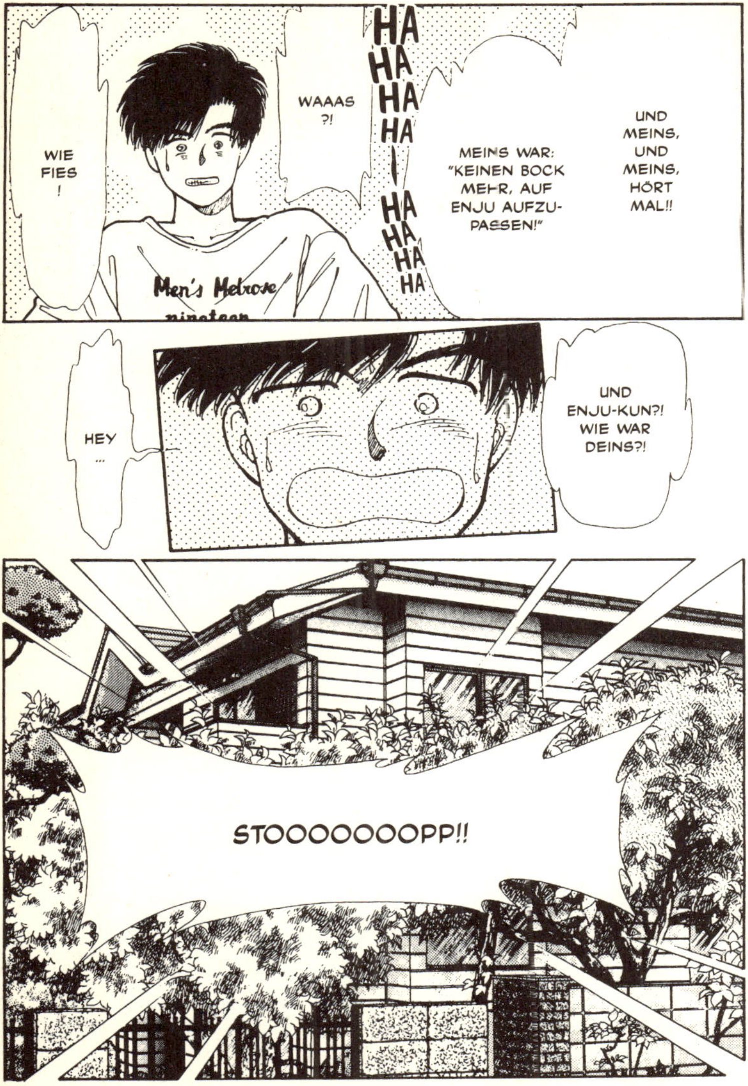
UND MEINS, UND MEINS, HÖRT MAL!!
MEINS WAR: "KEINEN BOCK MEHR, AUF ENJU AUFZU-PASSEN!"
HA HA HA HA HA HA HA HA
WAAAS ?!
WIE FIES !
Men's Melrose
UND ENJU-KUN?! WIE WAR DEINS?!
HEY ...
STOOOOOOOPP!!

STOPP !!
EH ?
JETZT MACHT ABER MAL LANG-SAM!!
Men's
nineteen seventy-five
a novel

ES WAR DOCH UNTERSAGT, DIE PASSWÖRTER ZU VERRATEN, SELBST UNTER FREUNDEN!!
IHR SOLLTET SIE NICHT SO LEICHTSINNIG AUSPOSAUNEN!!
ICH ALS EHEMALIGER VERANTWORTLICHER DER MONDBASIS UND...

... GEGENWÄR ...
Und?! Dein Passwort ?!
Eeeh? Neee, das is mir peinlich!
Ich erinner mich echt nullstens!
HEEEY!! HÖRT MIR MAL ZU. ICH FLEH EUCH AN!
SCHWITZ TROPF
Aaah! Duu juuu spiiiik Dschapaniiiis?
NA JA, WEISST DU ... ... HIIRAGI ...
... WER SOLL DENN HIER BITTE SCHÖN WAS DAMIT ANFANGEN KÖNNEN ...
GENAU!
SCHLIESSLICH SIND WIR NICHT MEHR AUF DEM MOND.

SO ERNST, DASS ...
... VIELLEICHT MIT ALLEN PASSWÖRTERN DIE INITIIERUNG IRGENDEINER WICHTIGEN FUNKTION DER BASIS ...
... MÖGLICH GEMACHT WÜRDE ... !!
SAKI STUDIO MEMBERS ONLY
IM ERNST? ABER DANN ...
SAGT DAS NICHT !!
Men's Melrose nineteen seventy-five a novel
ES HANDELTE SICH UM EINE ERNSTE ANGELEGENHEIT!!

... KÖNNTE MAN SIE VIELLEICHT AUCH IRGENDWIE ALS BEWEIS-MITTEL FÜR...
... UNSERE ERINNERUNGEN VERWENDEN, ODER?
...
WAAAS?!
ICH WEISS ZWAR NICHT, **WIE** ERNST ES IST, ABER ...
... DAS IST MEINE MEINUNG DAZU.
Werd jetzt nicht gleich böse, ja?
OB ALICE-SAN WIRKLICH MOKUREN IST...
... ODER OB WIR WIRKLICH WIEDERGEBORENE VON EINEM ANDEREN PLANETEN SIND ...
... DAS LIESSE SICH DOCH DANN ALLES BE-WEISEN, ODER?

WIR WÜSSTEN DANN MIT SICHERHEIT, DASS WIR REINKARNATIONEN ...
Ganz genau!
NICHT MIT DEN PASSWÖRTERN !!
GROAARR
OKAY, OKAY ...
LASST UNS UNSERE ERINNERUNGEN ZUSAMMENFÜGEN!
DARAUS WERDEN WIR EINE CHRONOLOGISCHE ÜBERSICHT MACHEN.
DAGEGEN IST DOCH NICHTS EINZUWENDEN, ODER?
... LASSEN WIR DIE PASSWÖRTER MAL BEISEITE ...
NEIN ...

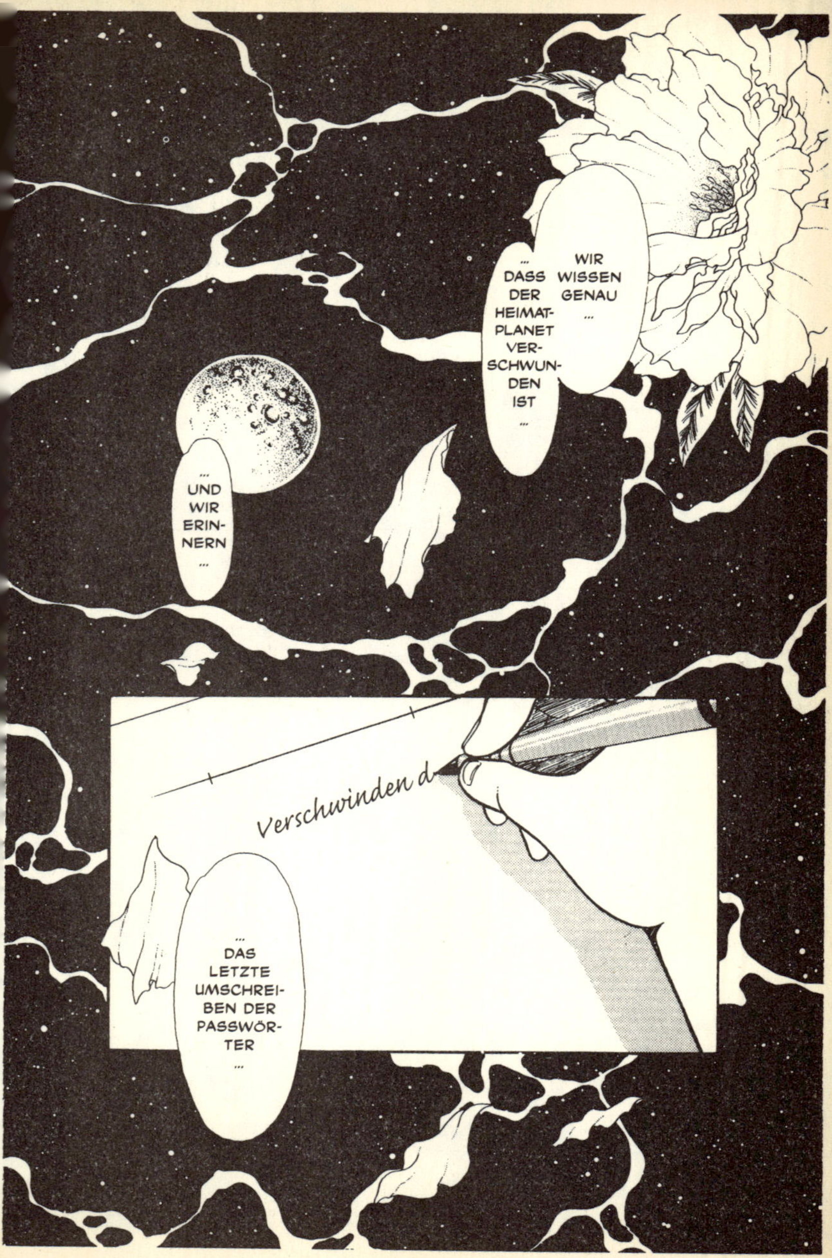
WIR WISSEN GENAU ...
... DASS DER HEIMATPLANET VERSCHWUNDEN IST ...
... UND WIR ERINNERN ...
Verschwinden d
... DAS LETZTE UMSCHREIBEN DER PASSWÖRTER ...

DAS LETZTE UMSCHREIBEN DER PASSWÖRTER?
JA.
WIR HABEN DIE PASSWÖRTER DOCH EIN PAAR MAL UMGESCHRIEBEN.
WOW!
SAKURA-SAN, DU ERINNERST DICH ABER GENAU!
ICH ERINNER MICH EXAKT!
WAS DIE PASSWÖRTER ANGEHT ... ICH KENNE MEINE NOCH ALLE!
DREIMAL UMGESCHRIEBEN, UND ALLE DREI MAL ...
... "KEINEN BOCK MEHR, AUF ENJU AUFZUPASSEN!"
WOUAAH
HAHA
HAHA
BANG
BANG
VERDAMMT!! BEHALTET EURE PASSWÖRTER ENDLICH FÜR EUCH!!
HAHA
HAHA

ES GIBT NOCH ETWAS, WAS WIR GENAU WISSEN.
DER AUSBRUCH DES ERREGERS UND DASS DER ERSTE, DER DARAN STARB ...
... GYO-KURAN WAR.

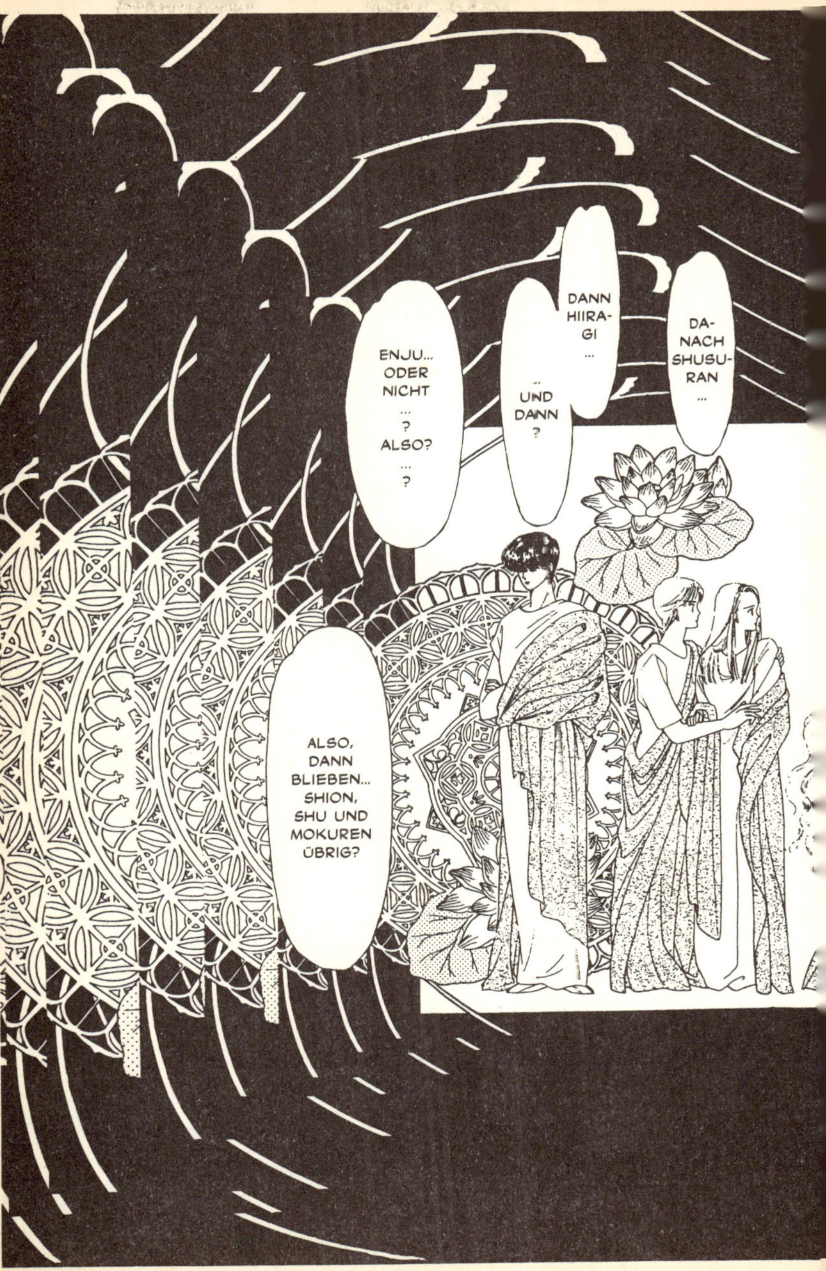
DANACH SHUSURAN ...
DANN HIIRAGI ...
.. UND DANN ?
ENJU... ODER NICHT ... ? ALSO? ... ?
ALSO, DANN BLIEBEN... SHION, SHU UND MOKUREN ÜBRIG?

SHU, WEISST DU, WANN ...
WAHR-SCHEINLICH STARB ICH ZUERST... UND LIESS SHION UND MOKUREN ZURÜCK ...
UWAAAH, WIE DRAMA-TISCH! DER LETZTE MANN UND DIE LETZTE FRAU!
WER VON BEI-DEN IST WOHL ... ZU-ERST ... ?

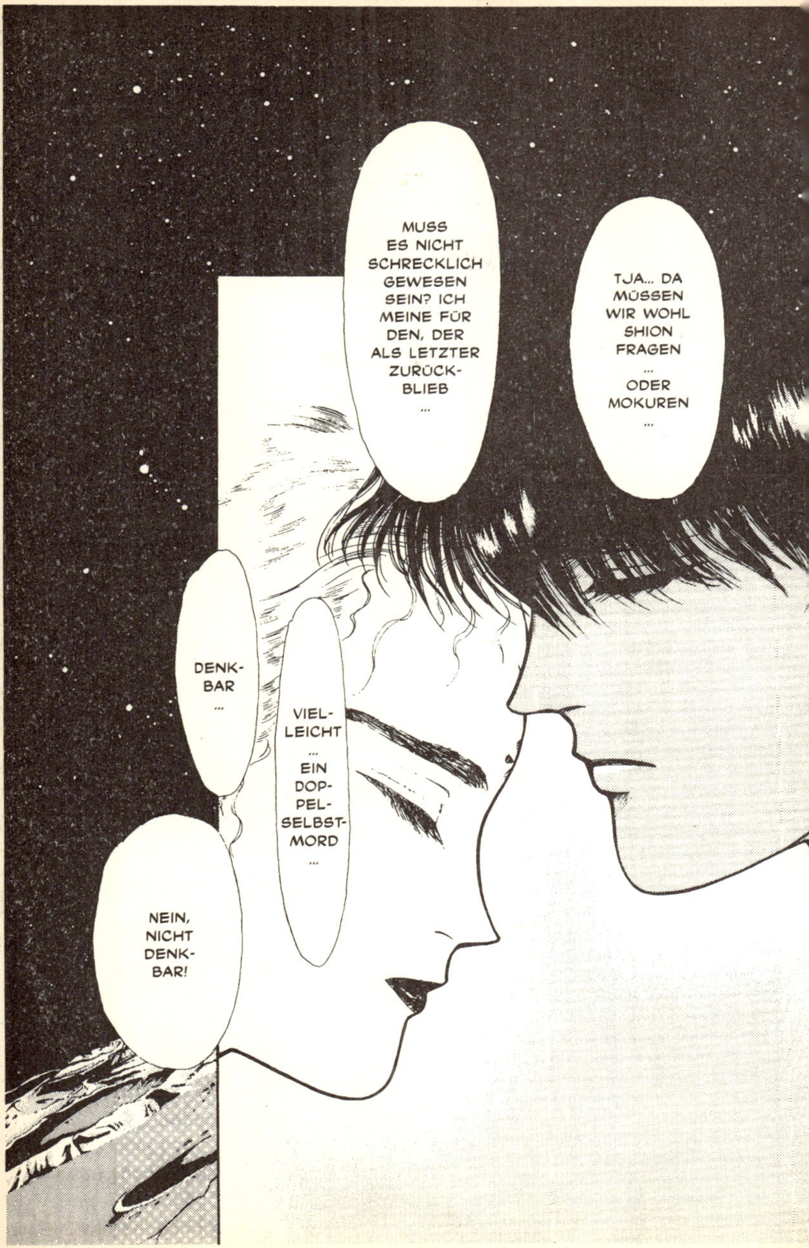
MUSS ES NICHT SCHRECKLICH GEWESEN SEIN? ICH MEINE FÜR DEN, DER ALS LETZTER ZURÜCKBLIEB ...
TJA... DA MÜSSEN WIR WOHL SHION FRAGEN ... ODER MOKUREN ...
VIELLEICHT ... EIN DOPPELSELBSTMORD ...
DENKBAR ...
NEIN, NICHT DENKBAR!

MOKUREN HAT DOCH GESAGT, WER SICH UMBRINGT, KANN NICHT ...
... WIEDER GEBOREN WERDEN !
HÄTTEN SIE SICH UMGEBRACHT ...
... WÄREN SIE NICHT WIEDER GEBOREN WORDEN !
ABER DAS WISSEN WIR DOCH GAR NICHT, ODER?!
SCHLIESSLICH IST NOCH NICHT KLAR, OB ALICE-SAN ÜBERHAUPT MOKUREN IST...
HACH... WIE ROMANTISCH!
DIE BEIDEN SIND EWIG LIEBENDE, DIE DAS SCHICKSAL VERBUNDEN HAT, NICHT WAHR?
OB SIE IN DIESEM LEBEN VERBUNDEN WERDEN, WEISS MAN NOCH NICHT, KLAR?!

MOKUREN... DAS MÄDEL HAT MIR SCHMUTZ-WASSER ÜBER DEN KOPF GE-SCHÜTTET...
HATTE SIE NICHT ENJU BEGOS-SEN?
ENJU HAT SIE NUR DAMIT GEDROHT, BEI MIR HAT SIE'S WIRKLICH GETAN!
ICH WAR ECHT SAUER !
WEIL DU IMMER RUM-LAMENTIERT HAST! NOCH MEHR ALS ENJU...
STIMMT NICHT !!
STIMMT WOHL!
...
HEY ...
WIE HEISST DAS NOCH MAL ...
DAS HIER ...
WAS MEINST DU MIT "DAS HIER" ?
NA JA ...
SO WIE JETZT ...
SCHWITZ
AUS DEM, WAS DER ANDERE SAGT ...
... SICH NACH UND NACH ETWAS ENTWICKELN ZU LASSEN... SICH ZU ERINNERN UND AUF DINGE ZU KOMMEN... AUF UNSEREM HEIMATPLANETEN HABEN WIR OFT...

AB-
STIM-
MUNGS-
KETTE
!
!
GENAU
!
GUT
GEMACHT!
NA
ENDLICH!

KYOTO
MATSU DAIRA
ICH MUSS MIR DAS MERKEN ...
... SONST KOMM ICH NOCH TOTAL DURCHEINANDER.
SCHON DAS BEZIEHUNGSDIAGRAMM MACHT EINEN FIX UND FERTIG...
Shion (S)
Mokuren
Hiiragi
Gyokuran
Shukaido (Haru-chan)
Shusuran
Enju

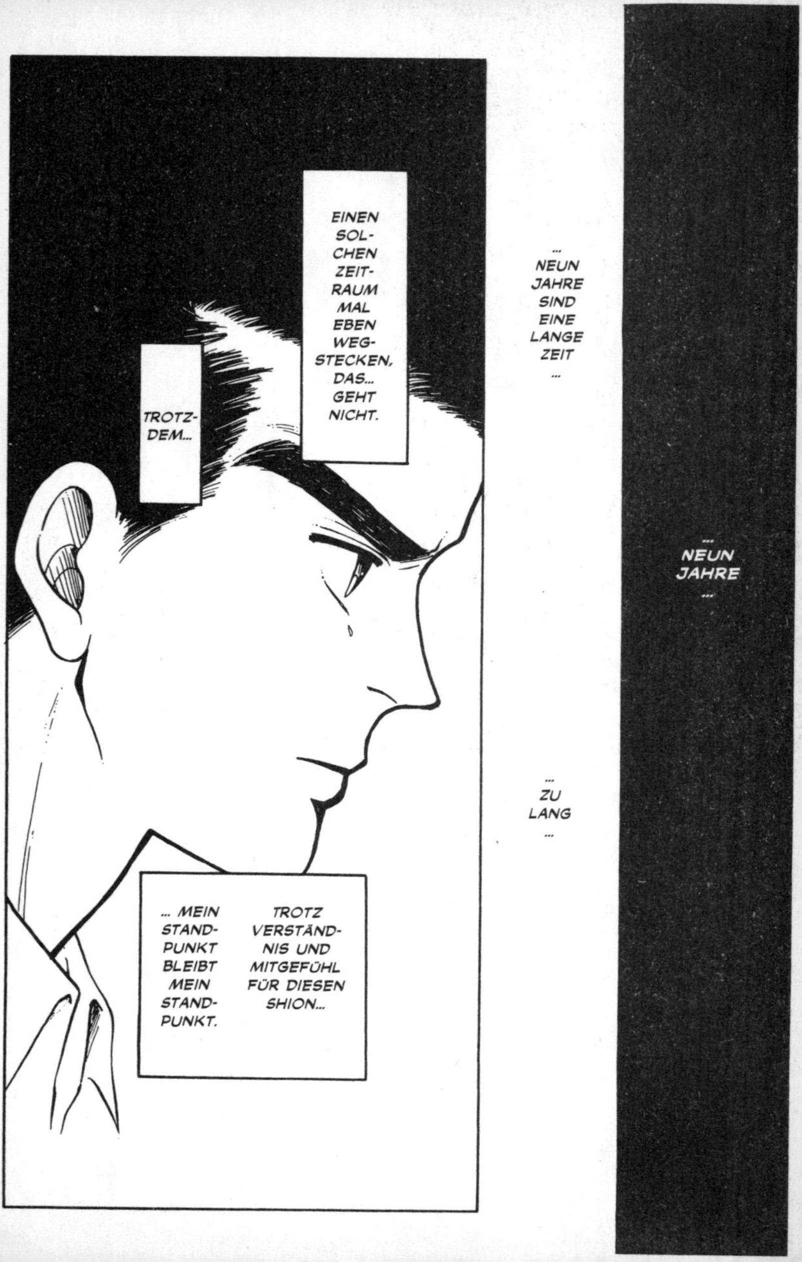
... NEUN JAHRE ...
... NEUN JAHRE SIND EINE LANGE ZEIT ...
... ZU LANG ...
EINEN SOLCHEN ZEITRAUM MAL EBEN WEGSTECKEN, DAS... GEHT NICHT.
TROTZDEM...
TROTZ VERSTÄNDNIS UND MITGEFÜHL FÜR DIESEN SHION...
... MEIN STANDPUNKT BLEIBT MEIN STANDPUNKT.

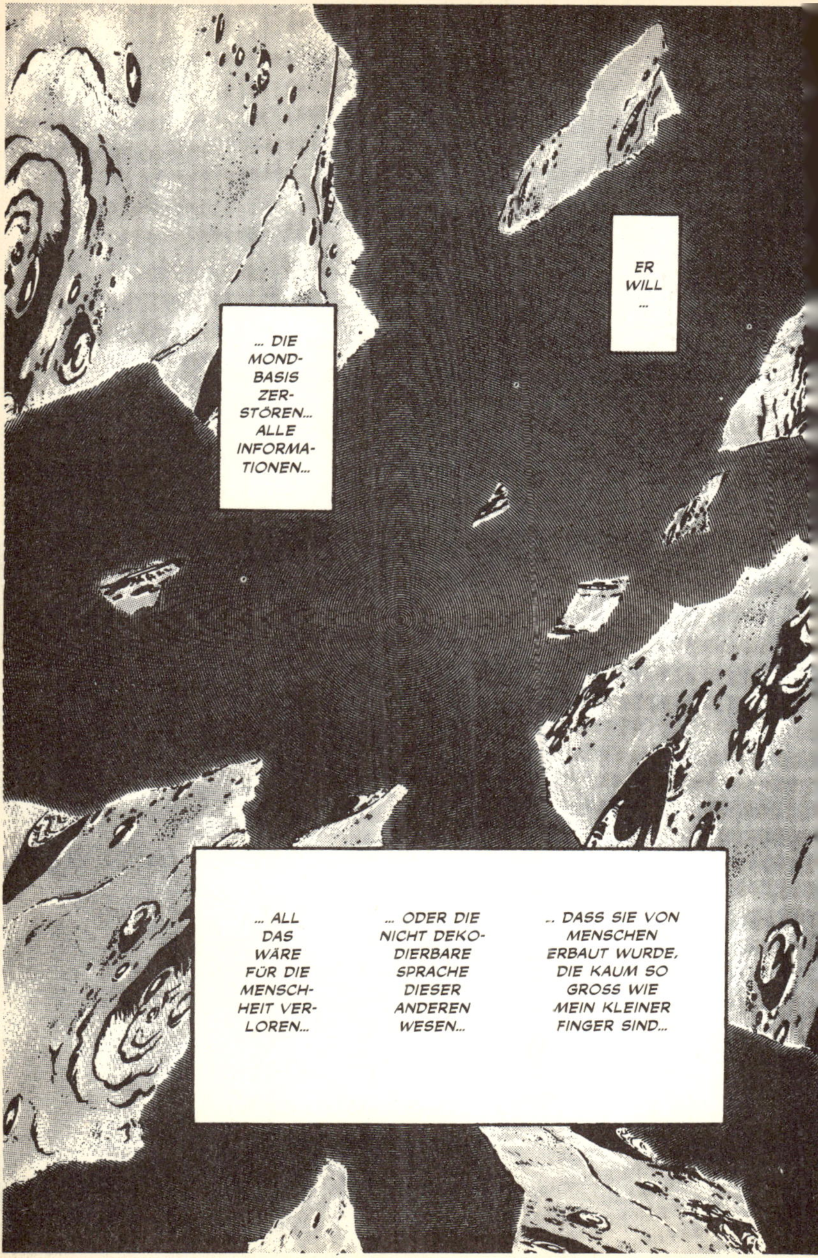
ER WILL ...
... DIE MONDBASIS ZERSTÖREN... ALLE INFORMATIONEN...
... ALL DAS WÄRE FÜR DIE MENSCHHEIT VERLOREN...
... ODER DIE NICHT DEKODIERBARE SPRACHE DIESER ANDEREN WESEN...
.. DASS SIE VON MENSCHEN ERBAUT WURDE, DIE KAUM SO GROSS WIE MEIN KLEINER FINGER SIND...

SOGAR SIEBEN PERSONEN SIND DIESER SPRACHE MÄCHTIG...!
DIE DEKO-DIERUNG IST NÄMLICH DOCH MÖGLICH.
WILL ER NICHT EHER ALLES AUF DIE ERDE BRINGEN?
... IST ES VIEL-LEICHT UMGE-KEHRT?
ODER... MO-MENT MAL...
WENN ER DIE BASIS ERNSTHAFT ZERSTÖREN WILL, BEDEUTET DAS DANN NICHT, DASS SELBST DEREN EXISTENZ, ALSO DAS GEHIRN DER SIEBEN PERSONEN, WELCHES DIE GRUNDLAGE DER INFORMATIONEN BILDET, ZUM GEGENSTAND DER ZERSTÖRUNG WÜRDE...?
WAS IST SEINE WAHRE AB-SICHT? WILL ER SIE WIRKLICH ZERSTÖREN?
GESETZT DEN FALL, ER WILL DIE INFORMATIONEN STATTDESSEN AUF DIE ERDE HOLEN, WAS KÖNNTE ER DAMIT BE-ZWECKEN?
WAS... BE-ZWECKT ER DAMIT?

WAS...
... FÜR EINE SCHLACHT SCHLÄGT ER, SO GANZ ALLEIN?
TAMURA-SAAAN, TELEFON!
OH ...
BIN UNTERWEGS!
JA? HIER TAMURA?
ENT-SCHUL-DIGE!
WAS IST, YAKUSHI-MARU? WORUM GEHT ES ÜBER-HAUPT?
ENT-SCHUL-DIGE...

DER BRIEF, DEN DU MIR GEGEBEN HAST ...
ICH WEISS NICHT, WAS DIESER MIKURO SICH DABEI GEDACHT HAT, ABER ...
... ER HAT IHN UNSERER ALTEN DAME GEZEIGT! ENTSCHUL-DIGE...
WILLST DU DAMIT ...
... ETWA SAGEN, DASS ICH MIKURO-KUN NIE WIEDER TREFFEN KANN?
TJA, DAS NICHT ...
ABER SIE WILL DICH...
... TREF-FEN.
SORRY !
WAAAS? ABER WARUM DENN?
PANIK PANIK
DAS WEISS ICH EBEN NICHT, DESHALB ENT-SCHULDIGE ICH MICH JA!

BITTE VER-ZEI-HEN SIE ...
... DASS ICH SIE HER-GE-BE-TEN HA-BE.
KEIN PROB-LEM ...

BUDDHISTISCHER TEMPEL IN KYOTO, TEM-
EL DES REINEN WASSERS, GEWIDMET JŪI-
CHIMEN KANNONS (GÖTTIN DER GNADE UND
DES MITLEIDS) UND 1994 VON DER UNESCO
ZUM WELTKULTURERBE ERKLÄRT.

MIKURO WAR ETWA SO KLEIN...
... ALS WIR IHN BEI UNS AUFNAHMEN ...
Papa! Papaaa!
Da war ein riesiger Drache! Echt!
ER HATTE ZWEI MÜTTER, WISSEN SIE ...
... UND BEIDE... SIND SEINE ECHTEN MÜTTER.
HAT HAKUTO IHNEN DAVON ERZÄHLT?
ÄH ...
JA.
EIN WE-NIG ...
AHA ...

SEINE ERSTE MUTTER WAR KALT IM UMGANG MIT IHM ...
... UND ALS MAN IHN ZU MIR BRACHTE, WAR ER SEHR VERSCHLOSSEN.
... UND LEHNTE UNS MIT SEINER GANZEN EXISTENZ AB...
... SOWOHL MICH ALS AUCH HAKUTO.
ICH VERSUCHTE IHM KLARZUMACHEN, DASS ICH NUN...
... SEINE MAMA WAR ...
... ABER ER KONNTE DAS NOCH NICHT BEGREIFEN.
ER MACHTE SEINEN KLEINEN KÖRPER NOCH KLEINER ...
ER GAB MIR DAS OHNE WORTE ZU VERSTEHEN.
"ICH SEH DAS NICHT EIN!"
"ICH SEH'S NICHT EIN, ICH HAB NUR EINE MAMA!"... HIESS DAS.

SEINE ERSTE MUTTER GAB IHN WEG...
... OBWOHL MIKURO SIE LIEBTE.
ES WAR WE-GEN JE-NER KRAFT ...
... ER SEI IHR UN-HEIM-LICH ...
... UND ER SEI NICHT IHR KIND, WEIL ER SOWIESO AUS DEM BAUCH EINER ANDEREN FRAU GEBOREN WURDE... SAGTE SIE.
GERADE IN DIESER PHASE... FAND MIKURO...
... ES SEHR LUSTIG, SEINE KRAFT ZU BENUTZEN.
ER BEGRIFF NICHT, DASS GERADE DIESE KRAFT ...
... SEINE MUTTER VERÄNGS-TIGT HATTE.

"WAS IST SCHLIMM DARAN, WENN ICH MEINE KRAFT BE-NUTZE!" ...
... MAG ER SICH GEDACHT HABEN.
ICH VER-BOT IHM, DIES VOR ANDEREN LEUTEN ZU TUN.
ES HÄTTE SEINE UMGEBUNG VERÄNGSTIGT, UND IRGENDWANN HÄTTE MAN IHN GEMIEDEN.
WENN ER DIESE KRAFT AUCH NUR ZUM SPASS UND ZUR BEFRIEDIGUNG SEINER LAUNEN UND BEGIERDEN GENUTZT HÄTTE...
... WÄRE ES VÖLLIG NORMAL GEWESEN, DASS MAN IHN UNHEIM-LICH GE-FUNDEN HÄTTE.
DIESE KRAFT IST JA GERADE DESHALB ETWAS BE-SONDERES, WEIL ANDERE SIE NICHT BESITZEN ...
UND MAN SOLLTE SIE NICHT NUR FÜR SICH SELBST, SONDERN FÜR ALLE VERWEN-DEN... SAGTE ICH ZU IHM.

* JAPANISCHES MÄRCHEN ÜBER DEN SOHN ZWEIER DRACHEN, DER BEI MENSCHEN AUFWÄCHST UND SICH DURCH BESONDERE FÄHIGKEITEN VON IHNEN UNTERSCHEIDET.

ER HAT DAMALS SCHRECK-LICH VIEL GEWEINT.
ER GING ZU SEINER MUT-TER ...
... UND KAM SCHLIESS-LICH WEINEND ZURÜCK.
DOCH DANN ...
ES WAR BEIM SPORTFEST, ER WAR DAMALS IN DER ZWEITEN KLASSE.
ER WAR BEIM WETTRENNEN IMMER ERSTER GE-WESEN ...
... ABER NATÜRLICH NUR, WEIL ER SEINE KRAFT BE-NUTZT HATTE.
ICH HATTE BISHER NIE ETWAS DAZU GESAGT, ABER ...
... IN DIESEM JAHR SAGTE ICH ZU IHM, ER SOLLE SEIN BESTES GEBEN.

ER WURDE FÜNFTER VON SIEBEN.
DAS WAR SEINE WAHRE LEISTUNG, OHNE ESP*.
"ES HAT NICHT GEKLAPPT, MAMA, TUT MIR LEID."
ALS ER DAS SAGTE ...
* ESP = EXTRA SENSORY PERCEPTION
... WEINTE ICH ...
... VOR FREUDE.
MIKURO WAR EIN NEUER MENSCH GEWORDEN.
DAS SAGTE AUCH HAKUTO.
UND ICH STELLTE DAMALS FEST, DASS WIR ENDLICH ...
... MUTTER UND SOHN WAREN.

MIKURO HAT MIR DAMALS BEIGE-BRACHT ...
... DASS EIN MENSCH IM LAUFE SEINES LEBENS UN-ZÄHLIGE MALE NEU GEBOREN WERDEN KANN, OHNE STERBEN ZU MÜSSEN. ..
U.S.A
DAS WAR SEHR ERGREI-FEND.
VON DER VERGAN-GENHEIT NICHT LOSZU-KOMMEN ODER ...
... DIE VERGAN-GENHEIT IN EHREN ZU HALTEN, DARIN BE-STEHT EIN GROSSER UNTER-SCHIED.
NICHT WAHR ... TAMU-RA-SAN?

MIKURO HAT MIR DEN BRIEF GEZEIGT.
ER SAGT, DASS ER SIE UNTERSTÜTZEN MÖCHTE ...
ER SCHEINT ZWISCHEN DEN IN DEM BRIEF BESCHRIEBENEN PERSONEN ...
... UND SICH SELBST IRGENDEINEN GLEICHKLANG ZU EMPFINDEN.
ICH WEISS ZWAR ...
... DASS MICH DAS ALLES IM PRINZIP NICHTS ANGEHT, ABER ...

... ALS MUTTER EMPFINDE ICH MITLEID FÜR DIESE KINDER.
SOWOHL DIESER S-KUN ALS AUCH DER SCHREIBER DES BRIEFES ...
... SIND GEFANGENE IHRER VERGANGENHEIT ...
... UND BRAUCHEN DRINGEND HILFE.
ICH KANN NICHT ANDERS, ALS MICH UM DIESE KINDER UND IHRE MÜTTER ZU SORGEN.

IHR BESCHÜTZER-INSTINKT, BE-SCHRÄNKT SICH DER ...
... NUR AUF DIESEN KRANKEN JUNGEN ?
ODER WERDEN SIE AUCH DIESEM S-KUN HELFEN ?

ENTSCHULDIGEN SIE, WENN SICH DAS ...
... NACH EINER PREDIGT ANHÖRT ...
WENN EINE WUNDE NICHT GEHEILT WERDEN KANN, WIE SEHR MAN AUCH BÜSST ...
... DANN GIBT ES DOCH KEINEN ANDEREN WEG, ALS SIE ANZUNEHMEN ?
WENN ...
... ABER ICH VERTRAUE IHNEN MEINEN SOHN AN, ALSO HÖREN SIE MIR BITTE ZU.
... MAN SICH IN DER BUSSE VERRENNT ...
... DAS HEUTE VERPASST UND IM UNGLÜCK VERHARRT ...
... DANN IST DIESE ZEIT DOCH VERLORENE ZEIT, ODER ?

EIN BISSCHEN GESCHWÄTZ
Teil 2

Da mir damals die Manga von Tezuka-sensei immer zufällig unter die Augen kamen, habe ich ihn wohl eher über seine Strichführung, seine Charaktere und die Stimmung seiner Bilder kennen gelernt als über seinen Namen.
Beim Blättern in Mangabüchern oder Lernzeitschriften dachte ich, wenn ich auf Manga von Tezuka-sensei stieß, "Ah, das ist von dem einen!", und las sie voller Freude.
Irgendwann lernte ich schließlich auch seinen Namen... eh ich mich versah, war ich bereits verrückt nach seinen Manga.
Zum Beispiel nach "Dororo".
Hyakkimaru ist ja sooo cool!!
Was er alles durchstehen musste, unglaublich!!
Diese Kindheit...!
Dieses...
dieses Drama...!
Ich erinnere mich noch genau, ich war so geschockt, dass ich geweint habe.

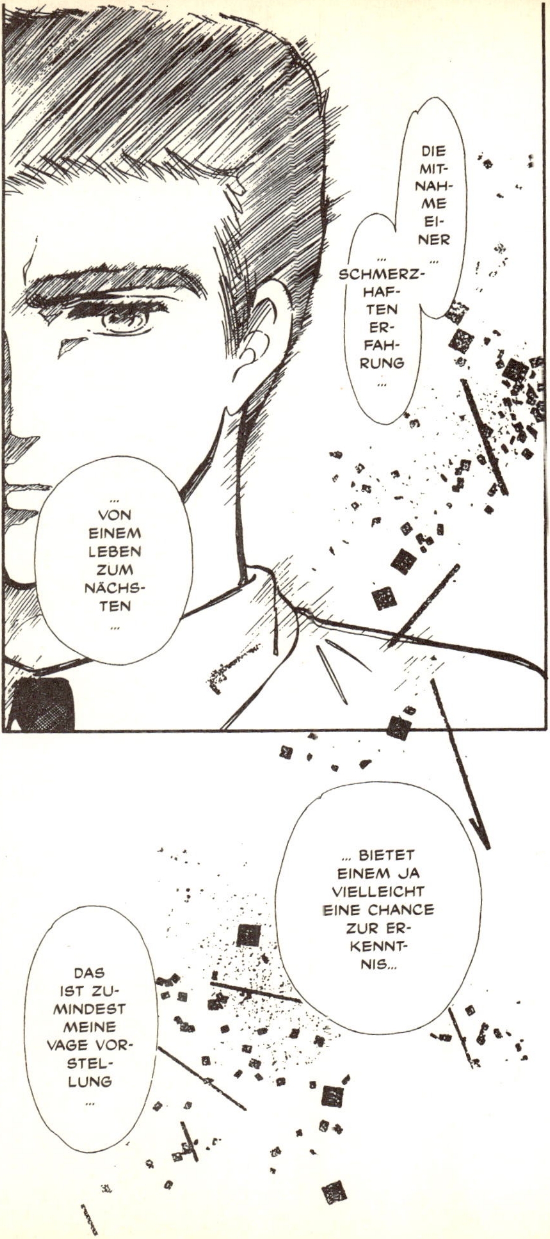

SEHEN SIE NUR!
DIE PFLANZEN SCHEINEN ...
... MIR ZUZUSTIMMEN ...
... UND DIE TEMPELQUELLE ...
... LACHT GLUCKSEND DAZU ...

EIN SO HERR-LICHER TAG, UND DEN-NOCH ...
... SIND SO VIELE MENSCHEN EINSAM UND UN-GLÜCK-LICH...

HÖR MAL ...
WER SINGT DA?
WEISS NICHT ...
MAN HÖRT SIE NEUERDINGS OFT, NICHT?
EINE ÜBUNG FÜR DIE CHOR-AG...? VIELLEICHT DIE SOLISTIN ...
DAS KLAVIERSPIEL IST DILETTANTISCH, ABER DIESE STIMME ...
... EINFACH WUNDERSCHÖN ...
EINE MAGISCHE STIMME, ODER?
GENAU!
MAGISCH IST DER TREFFENDE AUSDRUCK.

MAN ...
... FÜHLT SICH IRGENDWIE GUT. WENN MAN IHR LAUSCHT.
SINGST DU GERN?
NUR WEIL ICH MICH ENTSCHLOSSEN HABE, ZU GLAUBEN, DASS ICH MOKUREN SEIN KÖNNTE ...
... WERDE ICH MICH WOHL KAUM SOFORT ERINNERN, ABER...

... VIEL-LEICHT HILFT ES...
... WENN ICH MICH MIT DINGEN BESCHÄFTIGE ...
... DIE MOKUREN-SAN AUCH GEFALLEN KÖNNTEN ...

DIE SCHÖNE STIMME FRÜHMORGENS WECKT NEUGIER ...
VIELE SCHÜLER MACHEN SICH AUF ZUM MUSIKRAUM, UM DER SACHE NACHZUGEHEN...
HM...?
WAS IST DENN HIER LOS ?
MEINE GÜTE! ALICE WIRD LANGSAM DIE HEIMLICHE MADONNA DER SCHULE UND MERKT ES NICHT MAL ...
Hey, schaut doch, da ist sie!
Oh, diese Stimme!
Wo denn? Wo denn?

IN LETZTER ZEIT IST SIE SO ENTSPANNT ...
FAST, ALS HABE SIE IRGENDEINE HAUT ABGESTREIFT...
... IRGENDWIE FREI, OFFEN, UND ...
... WUNDERSCHÖN.
KEIN WUNDER, DASS ALLE JUNGS KOPF STEHEN.

UND DIE BÄUME ...
... VOR DEM MUSIK-RAUM DREHEN DURCH!
BIS VOR KURZEM WAREN ALLE GENAU GLEICH GROSS...
... ABER IN-ZWISCHEN ...
... SIND DIE VOR DEM MUSIKRAUM 10 METER HÖHER ALS ALLE ANDEREN ...

VERBEUG
ICH...
VERDAMMT! ICH LIEBE ALICE-SAN!
ICH LIEBE SIE WIRKLICH. ICH LIEBE SIE VON GANZEM HERZEN.

LIEGT ES DARAN, DASS ALICE-SAN MOKUREN IST?!
ICH WEISS ES NICHT.
ABER...
...ICH ZWEIFLE NICHT DARAN...
...DASS DIESER SHION SIE LIEBT, WEIL SIE MOKUREN IST...

HEY, SHU!
DAS FORSCHER-TEAM DER BASIS AUF Z-KK101 ...
... SOLL KOMPLETT AUSGE-TAUSCHT WERDEN ...

IST ES WAHR, DASS DU DICH BEWORBEN HAST?
JA.
ECHT...? WAS WILLST DU DENN AN DIESEM ABGELEGENEN ORT...?
Z-KK101
EIN UNDIFFERENZIERTES LÄNDLICHES STERNENSYSTEM, EIN PROVINZ-PLANET...
AUSNAHMSLOS JEDER MACHTE GROSSE AUGEN, WENN ER HÖRTE, DASS ICH DORTHIN GEHEN WOLLTE, ABER...
... ICH FÜHLTE MICH IRGENDWIE VON DIESEM STERN ANGEZOGEN.

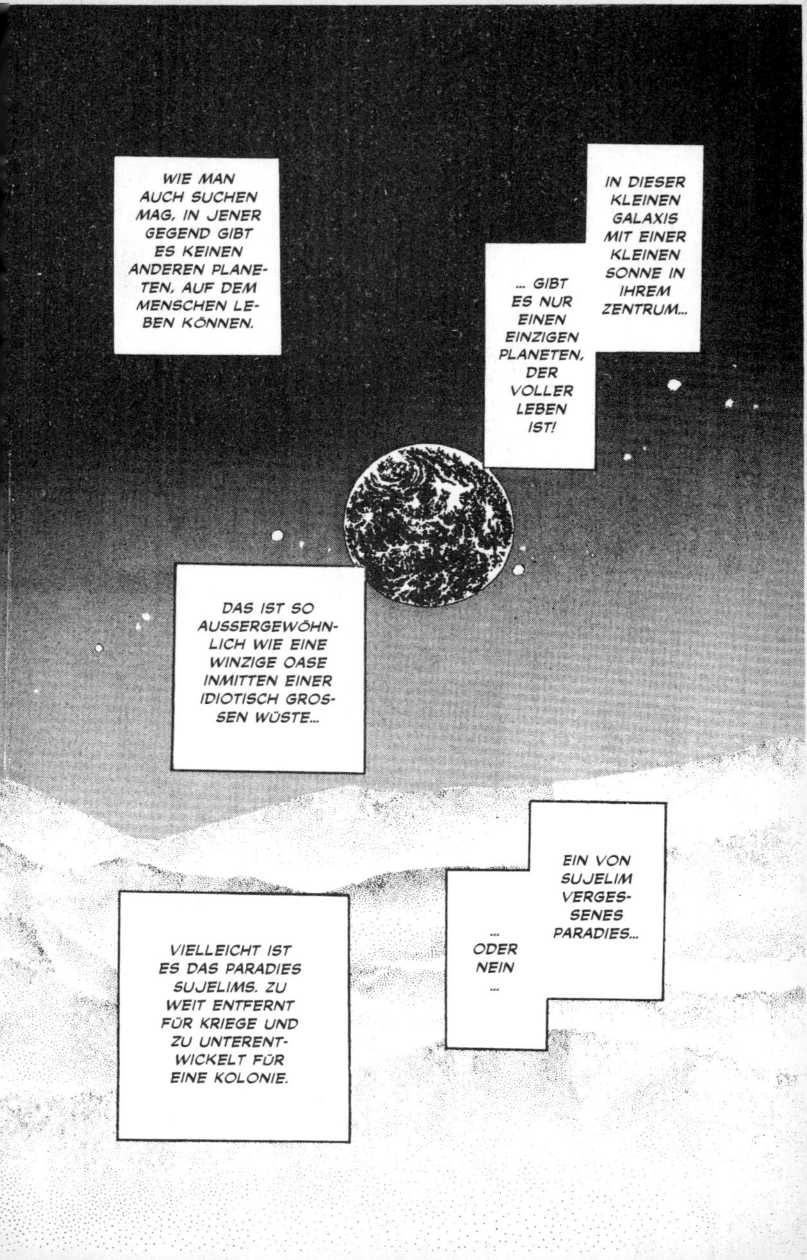
IN DIESER KLEINEN GALAXIS MIT EINER KLEINEN SONNE IN IHREM ZENTRUM...
... GIBT ES NUR EINEN EINZIGEN PLANETEN, DER VOLLER LEBEN IST!
WIE MAN AUCH SUCHEN MAG, IN JENER GEGEND GIBT ES KEINEN ANDEREN PLANETEN, AUF DEM MENSCHEN LEBEN KÖNNEN.
DAS IST SO AUSSERGEWÖHNLICH WIE EINE WINZIGE OASE INMITTEN EINER IDIOTISCH GROSSEN WÜSTE...
EIN VON SUJELIM VERGESSENES PARADIES...
... ODER NEIN ...
VIELLEICHT IST ES DAS PARADIES SUJELIMS. ZU WEIT ENTFERNT FÜR KRIEGE UND ZU UNTERENTWICKELT FÜR EINE KOLONIE.

ES GIBT NICHT VIELE, DIE VON SICH AUS DORTHIN WOLLEN.
DU GEHST AUCH NACH Z-KK101 ?
JA.
AUF BEFEHL MEINES LANDES.
NIEMAND SONST WOLLTE SO RECHT AN DIESEN EINSAMEN ORT.
ABER ICH BIN WIE GE-SCHAFFEN FÜR DIESEN JOB.
ICH BIN KRIEGS-WAISE ...
... UND OHNE VERWANDT-SCHAFT, DIE MICH ZURÜCK-HÄLT.
HAT WUNDER-BAR GE-PASST... !
WIRK-LICH ... !

DER INTERSTELLARE KRIEG UM UNSER STERNENSYSTEM DAUERTE BEREITS DREISSIG JAHRE AN.
NUR AUF UNSEREM HEIMATPLANETEN HERRSCHTE MERKWÜRDIGERWEISE UNVERÄNDERT FRIEDLICHER ALLTAG.
SHION WAR EIN WAISENKIND AUS DIESEM LANGJÄHRIGEN UND BLUTIGEN KRIEG...
MIT WEM MAG ER AM VORABEND UNSERER ABREISE ...
... DIE ABSCHIEDSFEIER VERBRACHT HABEN ?
MUTTER, ICH HAB MICH ENTSCHIEDEN.
DU BIST WIRKLICH EIN UNGEHORSAMER STURKOPF...! ICH WERDE DICH SCHRECKLICH VERMISSEN...!

GUTEN MORGEN GYOKURAN!
SHUKAIDO! DIE LETZTE PERSON STEHT JETZT FEST!
ACH, WER DENN? EIN MANN?
ES IST EINE FRAU! NOCH DAZU EINE UNGLAUBLICHE ...
... SCHÖNHEIT!
MEINE ERSTE BEGEGNUNG MIT IHR.
SEHR ERFREUT.
DAS SO GENANNTE "KICHE", DAS ZINNOBERROTE MAL AUF IHRER STIRN, BEEINDRUCKTE MICH ENORM... SO WAS HATTE ICH NOCH NIE GESEHEN...
ICH BIN MOKUREN.
EINE AUSERWÄHLTE SUJELIMS...

VERZEIH, MOKUREN, DARF ICH EINE FRAGE STELLEN?
SICHER, BITTE!
ALLE ...
... WAREN WAHNSINNIG INTERESSIERT AN IHR!
ICH HABE GEHÖRT, DASS DEINE FÄHIGKEITEN ALS KICHESUJELIMANERIN SICH HAUPTSÄCHLICH AUF PFLANZEN AUSWIRKEN, WARUM ...
... BIST DU DANN BIOLOGIN UND NICHT BOTANIKERIN?
GUTE FRAGE!
WISST IHR, PFLANZEN SIND MIR ...
... SO VERTRAUT, DASS ICH SIE NICHT MEHR ERFORSCHEN MUSS.

ÄH... DAS... SOLL HEISSEN ... ?
NUN...
... ICH KENNE DIE PFLANZEN SEHR GENAU.
DA ICH DIE MEISTEN PFLANZEN VERSTEHEN KANN ...
... HATTE ICH NICHT DEN WUNSCH, DIESES GEBIET NOCH EXTRA ZU STUDIEREN.
ICH HABE GEHÖRT, DASS SICH DEIN VERSTÄNDNIS AUCH AUF TIERE ERSTRECKT ...
JA.
DAS EINZIGE LEBEWESEN, DAS SCHWER ZU VERSTEHEN IST UND BEI DEM ICH MÜHE HABE, ES ZU BEGREIFEN, IST DER MENSCH.

UND DAS TROTZ EINER GEMEINSAMEN SPRACHE ...
DABEI IST ES MIR MÖGLICH, SOWOHL PFLANZEN ALS AUCH TIERE OHNE WORTE ZU VERSTE-HEN!
DANN HÄTTEST DU PSYCHO-LOGIE STU-DIEREN SOLLEN.
HMM... STIMMT ...
... DA HAST DU WOMÖGLICH RECHT...!
MOKUREN...

... IN JENEN SCHRECKLICHEN TAGEN HÄTTE ICH NICHT DURCHGEHALTEN, WENN DU NICHT GEWESEN WÄRST.
EINE OASE INMITTEN EINER WEITEN, WEITEN WÜSTE ...
DAS LETZTE PARADIES, DAS SUJELIM UNS LIESS... WIE DIESE ERDE...

SHION ?
SHION !
ZUCK

HI!
ICH BIN GYOKURAN! ODER ...
... JINPACHI OGURA.
WAS FÜR EIN ZUFALL! LIEGT DEIN ZUHAUSE AN DIESER BAHNLINIE?
ÄH ...
... ÄHM ...
ICH GEHE GERADE ZUM ZOO, MEINEM BRUDER ETWAS BRINGEN.
WOLLEN WIR NICHT IRGENDWO WAS TRINKEN GEHEN? FALLS DU ZEIT HAST...
ÄH ...
... OKAY ...

ARBEITET DEIN BRUDER IM ZOO?
JA, ER IST TIER-PFLEGER BEI DEN GIRAFFEN.
FIN-DEST DU GIRAF-FEN SO TOLL?
JA, SIE SIND HÜBSCH.
SIE HABEN TRAURIGE AUGEN ...
... ABER IHR MUND LACHT, FINDE ICH... ICH MAG AUCH IHRE NONCHA-LANTE AUS-STRAH-LUNG ...
WOW !
DER HAT'S GUT!

DU ...
... WIRKST NICHT WIE SHION... WEISST DU...
IM ERSTEN MOMENT HATTE ICH KEINE ZWEIFEL, ABER ...
... IN-ZWI-SCHEN WÜRDE ICH EHER SAGEN ...
EH...?
... DEIN WESEN DECKT SICH MIT SHU !

BO BOM
MERK-WÜR-DIGE SACHE!
BO BOM
BO BOM
DABEI GLEICHST DU SHION ÄUSSERLICH AUFS HAAR!
BO BOM
BO BOM
BO BOM
BO BOM
BO BOM
DARF ICH DICH MAL WAS BLÖDES FRAGEN?

EIN BISSCHEN GESCHWÄTZ
Teil 3

Ich gehöre eher zu der Generation, die mit "Hi no Tori" und "Black Jack" groß geworden ist als mit "Astroboy".
Ich war hingerissen von Bösewichten wie Rock in "Vampire", ich erinnere mich genau, wie ich überwältigt dachte, "Wie schafft man es nur, so reizvolle Charaktere zu zeichnen?!".
Wenn ich jetzt so darüber nachdenke... vielleicht liegen Rins Wurzeln ja bei ihm...? 💧
Weil ich auch solche Dramen wie Tezuka-sensei zeichnen wollte, habe ich irgendwann sein Buch "Wie man einen Manga zeichnet" gelesen.
Und irgendwann konnte dann auch ich meinen Lebensunterhalt als Mangazeichnerin verdienen.
Einmal, als ich bereits mit dem Zeichnen von "PSME" begonnen hatte, habe ich eine Einladung zu einer Konferenz mit verschiedenen Künstlern bekommen, darunter auch Tezuka-sensei, aber ich habe damals dankend abgelehnt... Mir war Angst und Bange vor so viel Ehre... Heute könnt ich mich dafür...!

DU SOLLST IHN ÜBERREDET HABEN, SEINE VERLOBUNG MIT ALICE-SAN ZU LÖSEN...
STIMMT DAS?
WENN ES WAHR IST ... DANN ...
... WERDE ICH DIR VIELLEICHT EINE VER-PASSEN.
WAS...

BAM
BATAM
WARTE GEFÄL-LIGST!
HEY!
DU HAST MEINE FRAGE NOCH NICHT BE-ANTWORTET, ODER?!
WIE-SO LÄUFST DU WEG?
ES GIBT JA WOHL KEINEN GRUND, WESHALB ICH DIR ANTWORTEN MÜSSTE!
Was geht denn mit denen ab?!
GIBT ES DOCH! IM-MERHIN HAST DU GESAGT, DU WÄRST SHION!!

ICH KAPIER NICHTS VON DEM...
... WAS DU TUST !
UND ÜBERHAUPT, WAS SOLLTE DENN DIESE AKTION MIT DEM FLU...
PAF
... DU ...

WIE SOLL-TEST ...
... DU DAS AUCH VER-STE-HEN !!
GOING
SCHWIRR
SCHWIRR
♪

EIN BISSCHEN GESCHWÄTZ Teil 4

Obwohl ich durch "PSME" die Gelegenheit hatte, ihn, den großen Meister persönlich treffen zu können, habe ich dummerweise abgelehnt… 💧
Es war mir schlichtweg nicht möglich, mich als Mangazeichnerin mit ihm auf eine Stufe zu stellen.
Als mir ein Freund erzählte, wie er einmal zufällig in einem Café neben Tezuka-sensei gesessen hatte, hätte ich ihn vor Neid am liebsten erwürgt.
Auch ich hätte ihn gern einmal als ganz einfacher Fan getroffen…
Es war immer einer meiner Träume, ihm dann, auch wenn es unverschämt ist, die Hand schütteln zu dürfen und ein Autogramm zu bekommen…
Die Magie von Tezukas Werken hat auf mich dankenswerterweise einen unerhört großen Einfluss ausgeübt.
Noch jetzt bin ich einer von Tezuka-senseis größten Fans und werde es immer bleiben.

"WIE SOLL-TEST ...
... DU DAS VER-STE-HEN!" ...
HEUL
ZETER
... HAT ER ZU MIR GESAGT, HÖRST DU?!
GERADE SO, ALS OB ER ALS EINZIGER VERLETZT WORDEN WÄRE!
...
IST ES NICHT LO-GISCH, DASS ER WÜTEND WIRD?
WA-RUM ?!

JINPACHI ...
GYOKURAN IST DOCH ALS ERSTER GESTORBEN, DAHER ...
... VERSTEHST DU VIELLEICHT EINIGES NICHT ...
NACH SEINEM TOD ...
... IST NOCH VIEL PASSIERT.
UND SHU, SHION UND MOKUREN...
... SIND SCHLIESSLICH BIS ZUM SCHLUSS ÜBRIG GEBLIEBEN...
ES WÜRDE MICH NICHT WUNDERN, WENN SICH ZWISCHEN DEN DREIEN NOCH EIN DRAMA ABGESPIELT HAT.

DU ...
... HAST IHN GANZ SCHÖN VOR DEN KOPF GESTOS-SEN...
... DA WÜRDE SICH JEDER AUFRE-GEN.
... ABER ...
MÜSS-TEST DU IHM NICHT EHER DANKEN ?
DIE TATSACHE, DASS ALICE-SAN WIEDER FREI IST, MÜSSTE DIR DOCH GE-FALLEN, ODER?

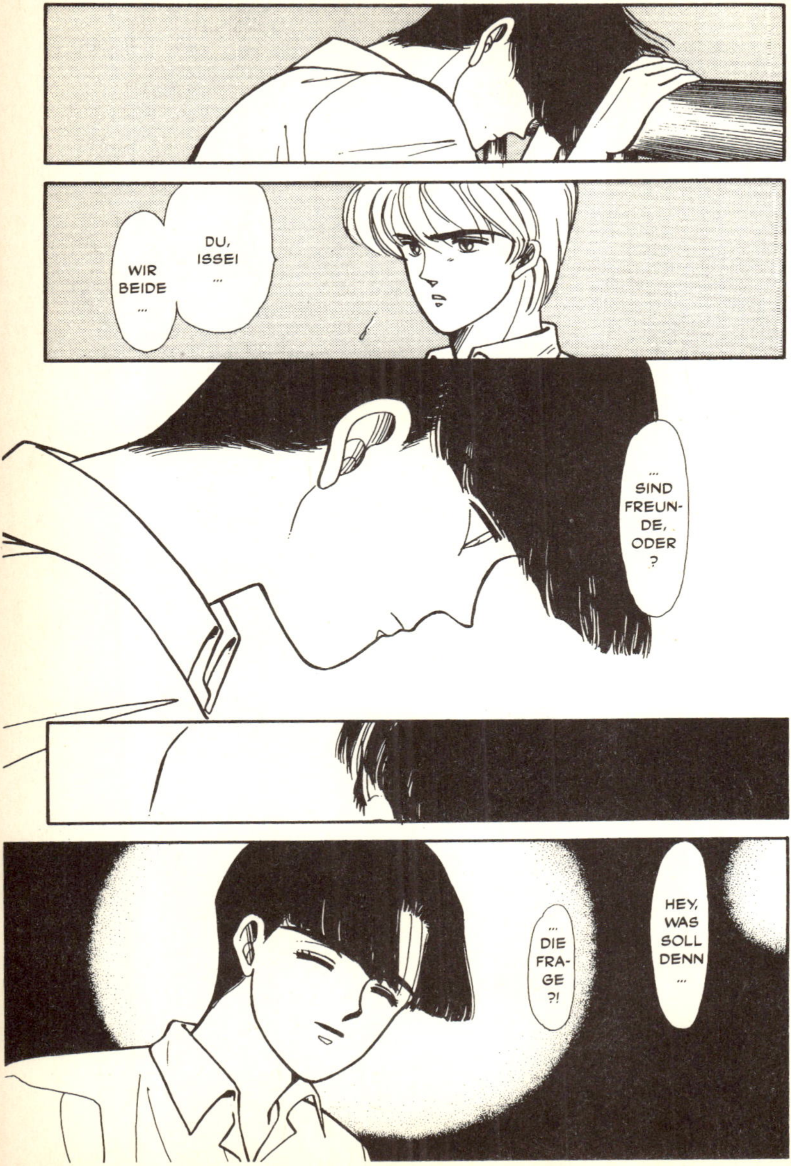
DU, ISSEI ...
WIR BEIDE ...
... SIND FREUN-DE, ODER ?
HEY, WAS SOLL DENN ...
... DIE FRA-GE ?!

WAS IST LOS?
HÄNGT DEIN LEBEN PLÖTZLICH VON MEINEN RATSCHLÄGEN AB ?!
SAKURA
SEI NICHT SO!
WIR SIND FREUNDE, ODER?
...
DU HAST DIR DIE HAARE GESCHNITTEN.
JA.
Unmengen von Briefen, ich soll wieder wie vorher aussehen.

UND ?
WAS IST PASSIERT ?
JINPACHI HAT ZUFÄLLIG SHION GETROFFEN ...
"WENN ES STIMMT, DASS DU FÜR DIE AUFLÖSUNG DER VERLOBUNG VERANTWORTLICH BIST, DANN...
... VERPASS ICH DIR EINE!", SAGTE ER UND ...
... BEKAM DAFÜR UMGEKEHRT EINE REINGEHAUEN.
"WAS VERSTEHST DU SCHON!", HAT SHION ZU IHM GESAGT.

...
DAS WAR'S?
JA.
ICH HAB'S JA GESAGT!
WIR MÜSSEN ...
... DEN GRUND FÜR SEINEN SELBSTMORDVERSUCH RAUSKRIEGEN!
JA ...
SAKURA

DU HAST GYOKURAN IMMER NOCH NICHT GANZ ...
... AUFGEGEBEN, ODER ?
ES IST KOMPLIZIERT ...
ALS ICH ENJU WAR, DA HASSTE ICH MOKUREN, DOCH...
... JETZT ...
... BIN ICH EIN MANN, UND DESHALB ...

... IST ES FÜR MICH NACHVOLLZIEHBAR ...
... DASS GYOKURAN SICH ZU MOKUREN ...
... HINGEZOGEN FÜHLT.
DU ... DU MEINST ... ?
JA.
FÜR GYOKURAN ...
... MUSS ES MOKUREN GEBEN ... WEISST DU?

WENN ALICE-SAN ES NICHT WÄRE...
... WÜRDE JINPACHI EINFACH ...
... EINE ANDERE MOKUREN SUCHEN.
GYO-KURAN... IST EBEN SO EIN TYP.
UND IN GENAU SO EINEN TYPEN HAT ENJU SICH VERLIEBT.

WIESO MUSSTEN WIR UNS NUR AN UNSER FRÜHERES LEBEN ER-INNERN...
SAKURA
SIND WIR JETZT UND DA-MALS ...
... DIE GLEI-CHEN ?
WER-DEN AUF DIESE WEISE ...
... GYOKURAN MOKUREN UND ENJU GYOKURAN IHR LEBEN LANG HINTER-HERLAUFEN ?
BIS IN ALLE EWIG-KEIT ... ?

DING DOOONG
KLACK
JA?
OH...!
RIN-KUN ...
GUTEN ABEND!
SALUT!
WAS IST?
ÄHM... ALSO ICH...
Blumen ohne jede Bedeutung, reine Deko
WIE MACHT MAN EINE HELLE EIN-BRENNE?
Macht einen auf niedlich ...
Mela Kids

WOZU?
ICH MACH EIN GRATIN.
UND DEINE MUTTER?
OMA IST KRANK GEWORDEN, SIE IST SEIT VORGESTERN WEG.
HEUTE HAT PAPA GESAGT, ER HÄTTE GERN GRATIN ...
DAS BESTELL-ESSEN SIND WIR AUCH LANGSAM LEID...
WARUM HAST DU DENN NICHT FRÜHER BESCHEID GESAGT?!
WANN KOMMT DEIN VATER NACH HAUSE?
ÄHM ... UM 20:00 UHR.
SHRRRR
NUR GRATIN IST ETWAS LANGWEILIG, ODER? WAS WÜRDEST DU SONST NOCH GERN ESSEN?
ICH MACH NOCH EINEN SALAT, ABER ...

ODEN!
werd rot...
Es kocht doch schon!
DU ...
DU HAST RECHT, SCHON KLAR!
GRATIN UND ODEN, DAS PASST NICHT ZUSAMMEN, RIN-KUN.
Hahaha, so was!
War ein Witz!
ABER... WARUM EIGENTLICH NICHT?
Plötzlich selbst Appetit drauf...

KÖCHEL KÖCHEL
DU, RIN-KUN, VIELLEICHT WÄRE BROT DOCH BESSER DAZU...
ALSO MIR IST DAS EGAL ...
TSCHACK TSCHACK
Sie wäscht den Reis
Nein, ich glaub, ich kauf noch Brot
Oh! Der Ofen ist heiß
Etwas hekt-isch
DU MUSST DEINEM VATER ABER SAGEN, DASS DU DIR DAS GEWÜNSCHT HAST, JA?
SCHON KLAR ...
KÖCHEL KÖCHEL

OH, TELEFON!
BRRRIIING!
IST BESTIMMT MAMA.
SCHON GUT, ICH GEH RAN!
JA, HIER KOBAYASHI?
KLAPPER
KLAPPER
PLÄTSCHER

HEU-TE NACHT UM EINS.
ÜB-LI-CHER ...
... TREFF-PUNKT.
WAR ES NICHT DEINE MUTTER?
NEIN.
PING
FALSCH VER-BUN-DEN.
ACH SO.

GUTEN APPETIIIIIIIT !
LECKER !
SAG MAL, RIN-KUN ...
... HAT MOKUREN-SAN JEMALS... ODEN GE-KOCHT?
HAPP
NEE, HAT SIE NICHT!
MAMPF
MAMPF
... GLAUB ICH.
AHA ...

IN DEM EINEN TRAUM, DEN ICH HATTE, WEISST DU...
... SAGTE SIE NÄMLICH, SIE WÜRDE ES GERN ...
... FÜR SHION-SAN KO-CHEN ...
ACH ... ECHT ?

EIN BISSCHEN GESCHWÄTZ Teil 5

Nun, ich hab aber nicht nur Manga von Tezuka-sensei gelesen, sondern zum Beispiel auch bergeweise Shojo-Manga.

Es mag an diesem Einfluss gelegen haben, dass es in den Manga, die ich als Kind kritzelte, ein durchgehendes Thema und ein allen gemeinsames Setting gab.

Und zwar handelte es sich dabei um "das Mitleid mit den Schwächeren", ja!!

Die immer wiederkehrenden Hauptpersonen waren zwei Mädchen. Die eine war die Tochter reicher Leute, und die andere wuchs in einer armen Familie auf.

Selbstverständlich war die Letztere das gute Kind, das am Ende glücklich wird.

Wieher! Kreisch!

Aber es kam so gut wie nie vor, dass ich eine Geschichte zum Abschluss brachte, die meisten blieben unvollendet.

Es war keine Seltenheit, dass es nach dem "Fortsetzung folgt" einer Geschichte keinerlei Fortsetzung mehr gab, obwohl ich sie gerade erst begonnen hatte.

Wenn ich ausnahmsweise mal etwas zu Ende brachte, war ich vor lauter Freude zu Tränen gerührt, wenn ich am Ende "Fin" hinschrieb!

Stellt euch das mal vor! 💧

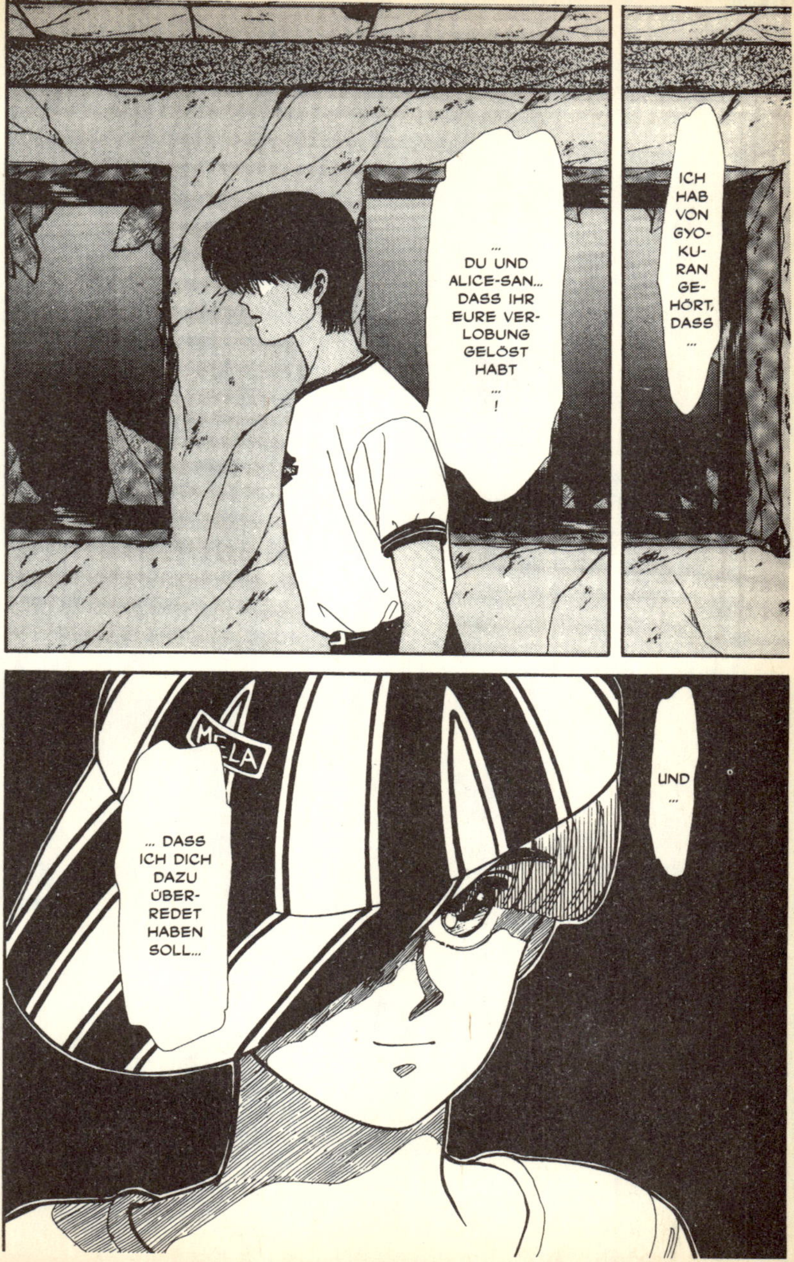
ICH HAB VON GYOKURAN GEHÖRT, DASS ...
... DU UND ALICE-SAN... DASS IHR EURE VERLOBUNG GELÖST HABT ... !
UND ...
... DASS ICH DICH DAZU ÜBERREDET HABEN SOLL...

WAS SOLL DAS ALLES ?!
JETZT DREH NICHT GLEICH DURCH ...
WEISST DU ...
ICH VER-ZICHTE EBEN AUF SIE.
Mela Kids

DAS IST EINE LÜGE !!
DURCH-AUS NICHT.
ES IST WAHR.
ICH VER-ZICHTE.

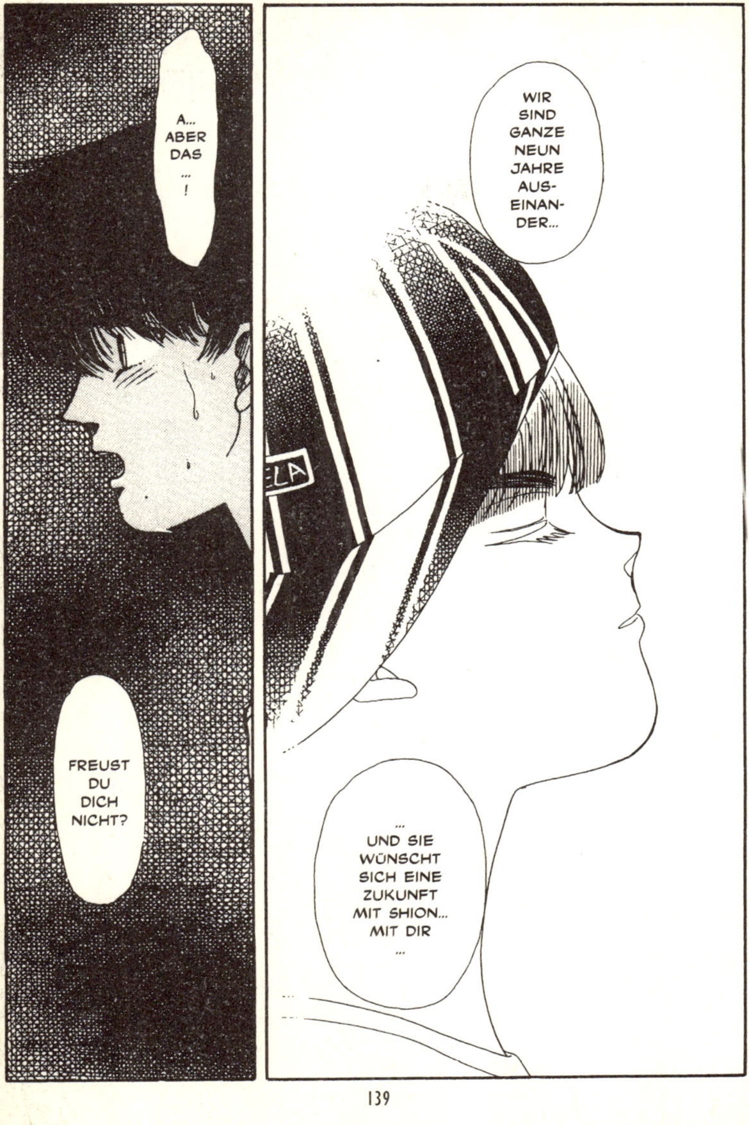
WIR SIND GANZE NEUN JAHRE AUS-EINAN-DER...
... UND SIE WÜNSCHT SICH EINE ZUKUNFT MIT SHION... MIT DIR ...
A... ABER DAS ...!
FREUST DU DICH NICHT?

ICH WILL NICHT ...
... DASS SIE MICH AUCH IN DIESEM LEBEN VERABSCHEUT.
DESHALB WIRST DU SHION BLEIBEN.

... WIE... WIE SOLL ICH...
... BEIM NÄCHSTEN TREFFEN...
... DEN ANDEREN NUR GEGENÜBERTRETEN?
GEH DOCH EINFACH NICHT HIN, ODER?
DU SOLLTEST DICH BESSER ...
... MIT ALICE VERABREDEN.

ICH BIN ...
... SCHON DAMIT ZUFRIEDEN ...
... DASS SIE EINFACH AUF DIESER ERDE LEBT.
DESHALB ...

... WERDE ICH SIE MIT LEIB UND SEELE ...
... BESCHÜTZEN.

HALLO !
... WO IST ENJUKUN ?
LIEGT MIT SOMMERGRIPPE FLACH.
AH SO ...
... UND SHION ?
LÄSST SICH ENTSCHULDIGEN, HAT WOHL IRGENDWAS VOR.

EIN BISSCHEN GESCHWÄTZ
Teil 6

Eines Tages, ich war 8 Jahre alt (möglicherweise aber auch 6 oder 7), hab ich erstmals eine ernst zu nehmende (Ha!) Fortsetzungsgeschichte gezeichnet. Das war jener bereits erwähnte Mystery-Schreckens-Horror-Manga mit dem Titel "Nr.13, das Zimmer des Grauens"!! Ich kann mich noch heute erinnern, wie begeistert ich davon war. Was den Inhalt angeht, also, eines Tages wird im Zimmer Nr.13 eines Hotels die Leiche einer Frau gefunden, die unter mysteriösen Umständen zu Tode gekommen ist. Hier endet die erste Episode. Dann, im nächsten Teil, stirbt eine Frau, die in demselben Zimmer übernachtet, und zwar mit einem lauten Schrei. Fortsetzung folgt. Im dritten Teil tritt dann endlich das Mädchen auf, das die Hauptrolle spielt. Auch dieses Mädchen übernachtet natürlich dort, doch obwohl sie - Kreisch! - einen Schrei ausgestoßen hat, hat sie am nächsten Morgen wie durch ein Wunder überlebt und sagt: "Ah, hab ich gut geschlafen". An diesem Punkt verkommt das Ganze dann irgendwie ungewollt zur Comedy...

* ÜBERSETZUNG SIEHE SEITE 146

- AUFBRUCH VOM HEIMATPLANETEN.
- ANKUNFT AUF DER BASIS.
- EINGABE DER PASSWÖRTER.
- MOKUREN ENTDECKT DIE KANJI-SCHREIBUNG DER NAMEN ALLER MITGLIEDER (NAMEN VON ERDPFLANZEN), PRÄSENTATION DERSELBEN.
- 1. VORFALL MIT MOKURENS GESANG.
- UMSCHREIBEN DER PASSWÖRTER NR.1.
- 2. VORFALL MIT MOKURENS GESANG.
- 3. VORFALL MIT MOKURENS GESANG.
- DANKESFEIER.
- UMSCHREIBEN DER PASSWÖRTER NR.2.
- UMSCHREIBEN DER PASSWÖRTER NR.3.
- ALARMMELDUNG VOM HEIMATPLANETEN: DER KRIEG IST ESKALIERT. WARTET AUF WEITERE INFORMATIONEN UND SEID WACHSAM!
- ALARMMELDUNG VOM HEIMATPLANETEN: HEIMATPLANET WURDE ANGEGRIFFEN.
- MEHRERE GEBIETE SIND ZU KRIEGSZONEN GEWORDEN.
- ? VORFALL MIT MOKURENS GESANG.
- KEINE FUNKSIGNALE MEHR VOM HEIMATPLANETEN.
- MAN KOMMT ZU DEM SCHLUSS, DASS ER "VOLLKOMMEN VERNICHTET" IST.
- KONFERENZ:

  - PARTEI DERJENIGEN, DIE ZUR ERDE HINABWOLLEN: SHION, MOKUREN, ENJU, SHUSURAN

  - GEGENPARTEI: HIIRAGI, GYOKURAN

- VERLOBUNG VON SHION UND MOKUREN.
- AUSBRUCH DER KRANKHEIT BEI GYOKURAN.
- GYOKURAN STIRBT AN DER KRANKHEIT.
- HIIRAGI MACHT SICH VORWÜRFE.
- SHUSURAN ERKRANKT UND STIRBT.
- AUSBRUCH DER KRANKHEIT BEI ... HIIRAGI UND ENJU.
- HIIRAGI STIRBT.
- ENJU STIRBT.
- SHUKAIDO ERKRANKT UND STIRBT.
ACH JA?
JA! STIMMT!
GANZ GENAU! SO WAR ES!
SIE WAR DOCH KICHE-SUJELI-MANE-RIN!
HAT SIE NICHT AUCH WÄHREND DER VORBEREITUNGS-ZEIT AUF DEM HEIMATPLANETEN GESUNGEN? WIE NANNTE MAN DAS NUR...
... SO EINE ART ZEREMONIE IM ZUSAMMENHANG MIT SUJELIM... BEI VERSCHIEDENEN VER-ANSTALTUNGEN KONNTE MAN IMMER DARAUF WETTEN, DASS SIE VON DER REGIERUNG GERUFEN WÜRDE...

HERRJE, ICH ERINNERE MICH!
ES GAB DOCH NOCH ZWEI WEITERE KICHESUJELIMANERINNEN...
SIE TRUGEN SO EINE ART TRACHT... UND TANZTEN!
UND SANGEN ...
... WIE BESCHWÖRUNGEN...
IM HINTERGRUND WAREN VIELE SUJELIMANER, DIE EINEN GROSSEN CHOR BILDETEN ...
MOKUREN HATTE DAMALS EINEN SOLOPART ...
IHRE SCHMUCKSTÜCKE KLIRRTEN IM TAKT ...
SIE WAR ...
... UNGLAUBLICH ...

... SCHÖN ...
... JA ...
ICH ERINNERE MICH, DASS ICH DAMALS...
... DAS FUNKELN IN GYOKURANS AUGEN SAH UND BEGRIFF...
... DASS ICH NIEMALS MIT IHR RIVALISIEREN KÖNNTE... NIEMALS...
ACH JA!
NATÜRLICH HAT SIE AUCH BEI DER DANKESFEIER AUF DER BASIS GESUNGEN!
GENAU!
UND... WISST IHR NOCH ...

... WENN MOKUREN SANG, DANN WUCHERTEN DOCH DIE PFLANZEN UND DIE COMPUTER SPIELTEN VERRÜCKT.
SHION BRÜLLTE DESHALB MEISTENS SOFORT "HÖR AUF!" ...
... AUSSER BEI JENER DANKES-FEIER AUF DER MOND-BASIS...!
AN DER ZEREMONIE AUF DEM HEIMAT-PLANETEN HAT ER NICHT TEIL-GENOMMEN ...
... GLAU-BE ICH ...
STIMMT!
BEI DER DANKES-FEIER HAT ER DIE ZE-REMONIE ZUM ERS-TEN MAL GESE-HEN ...
ALS MOKUREN AUF UNSERE BITTEN MIT DEM TANZ BEGANN ...
... HAT ER, SELBST ALS SIE MITTENDRIN ZU SINGEN ANFING, SIE NUR WIE VOM DONNER GERÜHRT ANGESTARRT, OHNE SEIN ÜBLICHES GESCHREI!

UND OBWOHL ER SONST IMMER EIN THEATER GEMACHT HAT, HAT ER DIESES EINE MAL ABSOLUT WORTLOS MIT UNS UNKRAUT GEJÄTET...
KICHER
SCHWÄRM
ICH HÄTT ES ZU GERN GESEHEN... DAS VIDEO VON DER FEIER.
ES GAB EIN VIDEO VON DER FEIER?
SICHER.
ERINNERST DU DICH NICHT, DASS WIR BEIDE GEFILMT HABEN?
ABER WENN WIR ES ABGESPIELT HÄTTEN ...
ALLEIN DADURCH WÄREN DIE PFLANZEN GEWACHSEN! IHR GESANG WAR JA MIT DRAUF...
DESHALB HAT DER VERDAMMTE SHION DAS ABSPIELEN STRIKT UNTERSAGT UND ES BESCHLAGNAHMT...

WAR ...
UNGEFÄHR DA BEGANN AUCH SHIONS LEIDENSCHAFT FÜR MANGA.
WAR DAS SO ... ?
ACH JA?
DASS ES TATSÄCH-LICH...
... NOCH DINGE GIBT, AN DIE SELBST ICH...
... MICH NICHT ERINNERN KANN ...

AUF DER MOND-BASIS WURDE HIIRAGI ZUM IDOL, NICHT WAHR!?
EH, WAS SOLL DAS HEISSEN, WAS FÜR EIN IDOL?
EIN IDOL FÜR UNS FRAUEN EBEN!
NA JA, WEIL... SEIN GESICHT UND SEINE FRISUR WAREN INTERESSANT, UND SEIN VER-HALTEN UND SEINE REAK-TIONEN WAREN SO LUSTIG!
Wer's verstehe, der versteht's.
Das Gähnen der mystischen Sippe aus dem Film "Dark Crystal"
GYAAAAAAAH...
APRO-POS IDOL ...
WAS MOKUREN BETRIFFT, KANN MAN WOHL VON EINEM MO-KUREN-BOOM SPRECHEN, ODER?!
SÄMT-LICHE MÄNNER HATTEN NUR NOCH AUGEN FÜR MO-KUREN ...
AUSGE-NOMMEN SHION.

PUH, BIN ICH MÜDE ...
MACHEN WIR LANGSAM SCHLUSS ?
WIR HABEN ZIEMLICH VIEL ZUSAMMENGEKRIEGT, WAS?
WANN TREFFEN WIR UNS WIEDER ?
TJA ...
WÄRE SCHÖN, WENN WIR VOR DER KLASSENFAHRT NOCH MAL ZUSAMMENKÄMEN...
ACH ... IHR GEHT AUF... KLASSENFAHRT?
HEY, WO FAHRT IHR DENN HIN?
WIR FAHREN NACH KYUSHU. ♡
WIR FAHREN AUCH NACH KYUSHU !

Abartiger Zufall! Wuahahaha, stellt euch vor, wir träfen uns da unten, dann könnten wir ja ein Treffen abhalten!
WUA HAHA
OJE!
DAS IST JA VIEL-LEICHT SPÄT GEWOR-DEN!
WIE SPÄT IST ES?
18:30 UHR.
SOLL ICH DICH AUSNAHMS-WEISE NACH HAUSE BRINGEN, SAKURA-CHAN?
ACH, LASS GUT SEIN, ICH BIN STARK GENUG!
Mag sein...
ABER... ICH WOLLTE DICH IMMER SCHON MAL WAS FRAGEN ...

DU LIEBST MOKUREN DOCH IMMER NOCH, ODER, JINPACHI-KUN?
D...DA ÜBERRUMPELST DU MICH ABER GANZ SCHÖN ...
SAGEN WIR ...
... EINFACH MAL JA.
WENN ALICE-SAN KEIN MÄDCHEN WÄRE ...
ALSO, WENN MOKUREN ...
... ALS MANN ...
... WIEDER GEBOREN WORDEN WÄRE... WAS DANN ?

WÄRST DU DANN TROTZDEM VERLIEBT?
... ICH WEISS NICHT ...

AUAAA AU-AU-AUU!
UPS, TUT MIR LEID!
JA, VIEL-LEICHT ...
ICH BIN AUSGE-RUTSCHT, ENT-SCHUL-DIGE!
ALSO DANN, TSCHÜÜ-HÜS!
WAS WAR DENN DAS ?!

IST JA WIDERLICH! DU BIST ALSO ...
... SCHWUL ...
... WENN ICH RECHT VERSTEHE!
Bitte nicht zu nahe, ja?
KSCH KSCH
Wa...!
WENN ES SO WÄRE, DANN IST AUCH DIESER SHION MIT SICHERHEIT SCHWUL!
DEN SCHERT ES DOCH AM WENIGSTEN, OB MOKUREN EIN MANN, EIN ALIEN ODER SONST WAS IST!
DA KANN ICH NICHTS ZU SA-GEN.
ALSO GUT! UND WIE IST ES MIT DIR?
TRIPPEL TRIPPEL TRIPPEL
SHU!
DRUCKS
ENJU-SAN TUT MIR LEID...
... SNIFF..

WAS MEINST DU ...?
ODER BEZIEHT SICH DIESES VERLIEBEN DEINERSEITS, SELBST WENN ES EIN MANN IST ...
... AUS-SCHLIESS-LICH AUF EINE REIN-KARNATION VON MOKU-REN?
NNNGH...
DAS VERSTEHT SICH WOHL VON SELBST, ODER?!

EIN BISSCHEN GESCHWÄTZ Teil 7

Wenn ich jetzt so darüber nachdenke, ist es nicht fast wie bei Hitchcocks "Psycho"?!
Dabei kannte ich Hitchcock zu jener Zeit gar nicht...
Als ich meinen Freunden von diesem "Nr.13, das Zimmer des Grauens" erzählte, kam das Ganze super an; deshalb suchte ich zu Hause danach, aber ich konnte es nicht finden, weil ich es offenbar weggeschmissen hatte. Solche Dinge sollte man immer aufheben...
Auch danach hab ich noch verschiedene bizarre Geschichten in kleine Notizbücher gezeichnet, aber leider hab ich kein einziges mehr davon. <Schluchz>.
In der Mittelschule hab ich dann in Hefte gezeichnet und dabei in ordentliche Panels unterteilt.
Ich benutzte keine Feder. Alles ist mit Bleistift gezeichnet. Zur selben Zeit hatte ich außerdem eine Brieffreundin, die sehr gut zeichnen konnte, und wenn ich heute so darüber nachdenke, kommt es mir so vor, als hätte dieser Briefverkehr meine Kreativität genährt.

WAS FINDEST DU NUR GUT AN IHM?
ALLES.
DER MACHT SO AUF NETTER JUNGE ...
IMMER AUF DER RICHTIGEN SEITE, MIT SEINER MIENE, DIE SAGT: ICH HASSE KRUMME SACHEN...
DAS MAG ICH EBEN.
DAS IST DOCH NICHTS ANDERES ALS DER PAZIFIS-MUS EINES KLEIN-MÜTIGEN MEN-SCHEN. DAS NENNT MAN KLEINBÜR-GERTUM! DER MANN IST LANGWEILIG!
ICH SAGTE DOCH, DAS MAG ICH EBEN.
GENAUSO WIE ICH DICH EINFACH LIEBE, WENN DU SO BISSIG BIST. ❤

NEIN!
DOCH.
WO-MÖGLICH, WEIL GYO-KURAN GEHT?
JA.
ICH ÜBER-LEGE, AUF PLANET Z-KK101 ZU GEHEN.
UN-GLAUB-LICH ...
ABER DU... DU BIST AUCH GUT IM WARTEN !
EIN VER-SPRE-CHEN ...
... ÜBER GANZE FÜNF JAH-RE ...
DU IRRST DICH.
ICH HABE NUR ANGST, MICH ZU VERGE-WISSERN ...
... DAS IST AL-LES.

SHU-SURAN!
EIN BRIEF FÜR DICH!
"ICH WERDE HEIRATEN."
MISTKERL...
ICH HATTE DAS GEFÜHL, DASS ES SO KOMMEN WÜRDE...

DA HAB ICH MEINE LIEBE VERLOREN, UND WEIN NICHT EIN-MAL.
GANZ SCHÖN MIES!

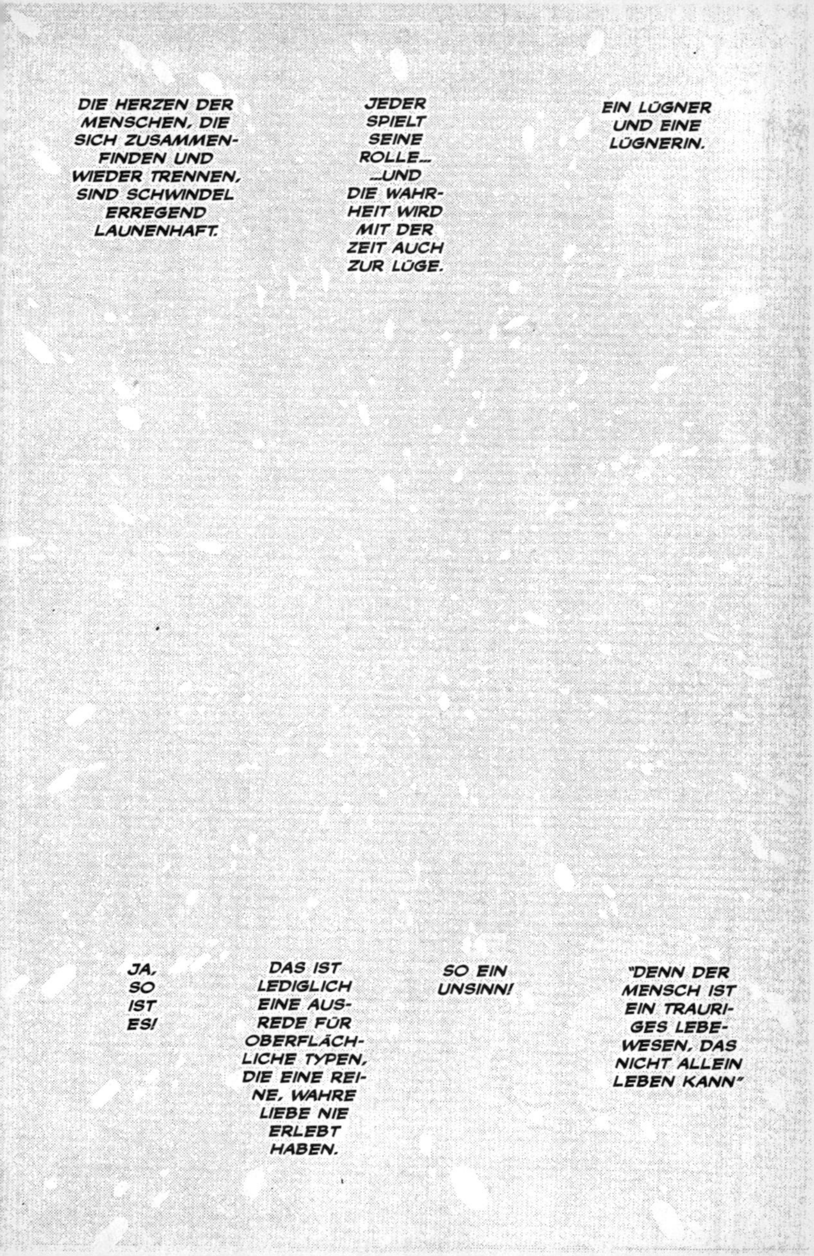
EIN LÜGNER UND EINE LÜGNERIN.
JEDER SPIELT SEINE ROLLE... ...UND DIE WAHRHEIT WIRD MIT DER ZEIT AUCH ZUR LÜGE.
DIE HERZEN DER MENSCHEN, DIE SICH ZUSAMMENFINDEN UND WIEDER TRENNEN, SIND SCHWINDEL ERREGEND LAUNENHAFT.
"DENN DER MENSCH IST EIN TRAURIGES LEBEWESEN, DAS NICHT ALLEIN LEBEN KANN"
SO EIN UNSINN!
DAS IST LEDIGLICH EINE AUSREDE FÜR OBERFLÄCHLICHE TYPEN, DIE EINE REINE, WAHRE LIEBE NIE ERLEBT HABEN.
JA, SO IST ES!

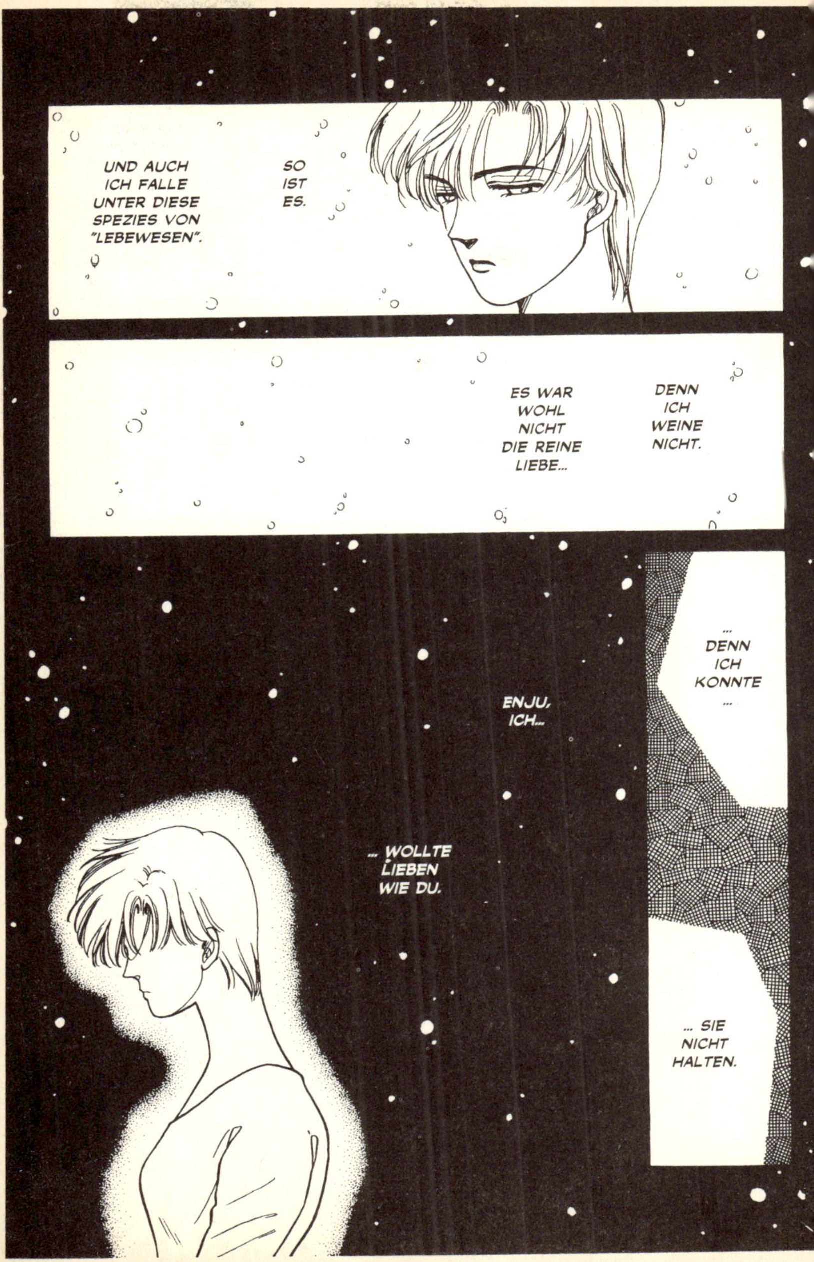
SO IST ES.
UND AUCH ICH FALLE UNTER DIESE SPEZIES VON "LEBEWESEN".
DENN ICH WEINE NICHT.
ES WAR WOHL NICHT DIE REINE LIEBE...
... DENN ICH KONNTE ...
... SIE NICHT HALTEN.
ENJU, ICH...
... WOLLTE LIEBEN WIE DU.

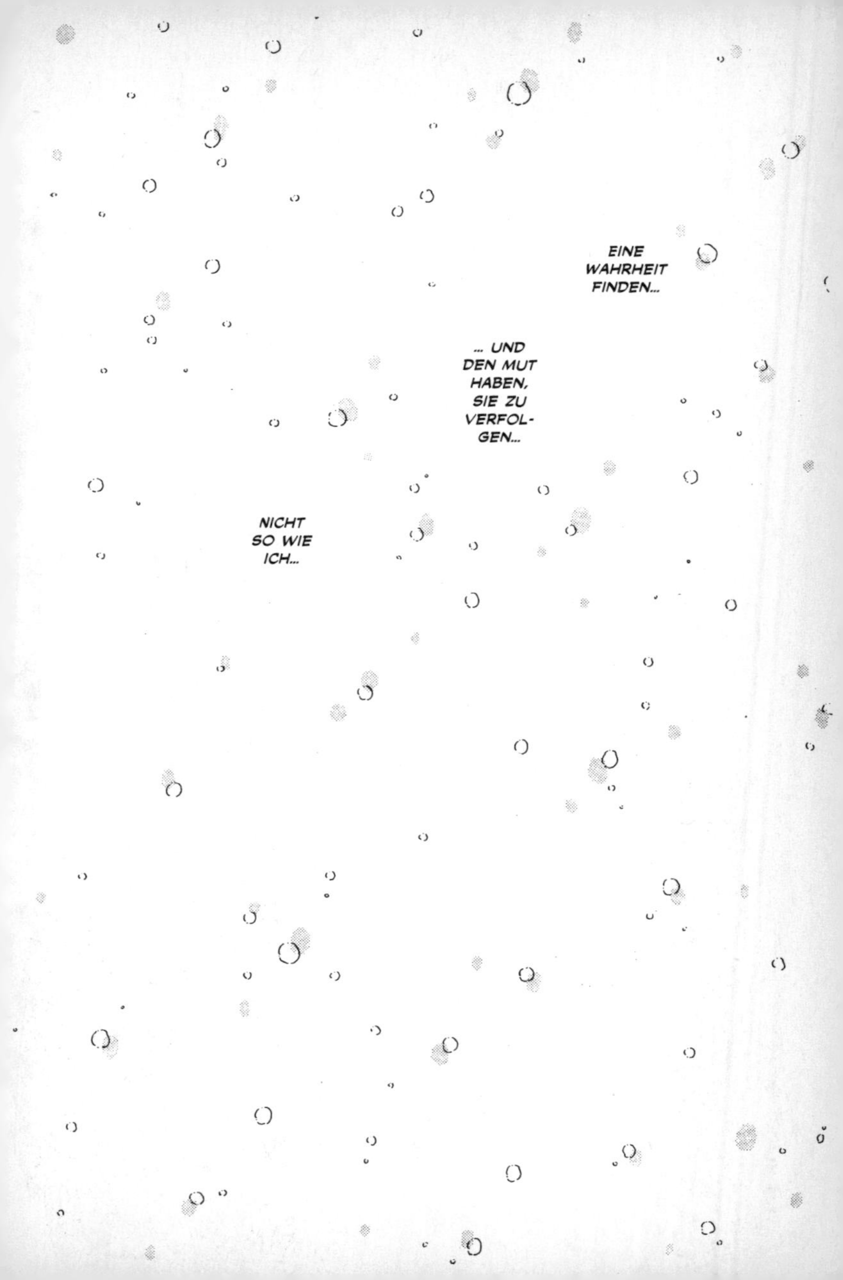
EINE WAHRHEIT FINDEN...
... UND DEN MUT HABEN, SIE ZU VERFOL-GEN...
NICHT SO WIE ICH...

... DIE DEN DINGEN EINFACH IHREN LAUF LÄSST...
DEN MUT, ZUR WAHRHEIT ZU STEHEN, UM SIE ZU VERWIRKLICHEN.
DU WIRST GANZ GEWISS NIEMALS BEREUEN, WENN DU DEINE LIEBE VERLIERST, DENN DU KANNST DIR SAGEN, DASS ES DEINE WAHRHEIT WAR.

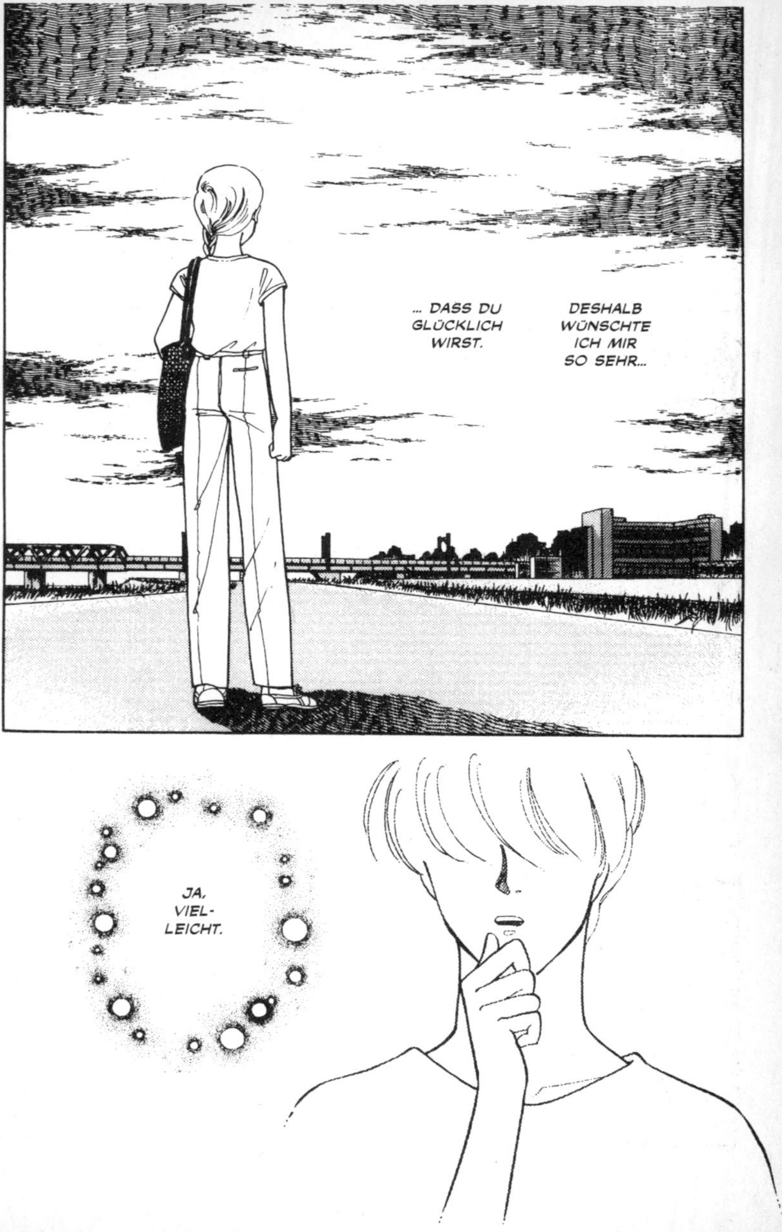
DESHALB WÜNSCHTE ICH MIR SO SEHR...
... DASS DU GLÜCKLICH WIRST.
JA, VIEL-LEICHT.

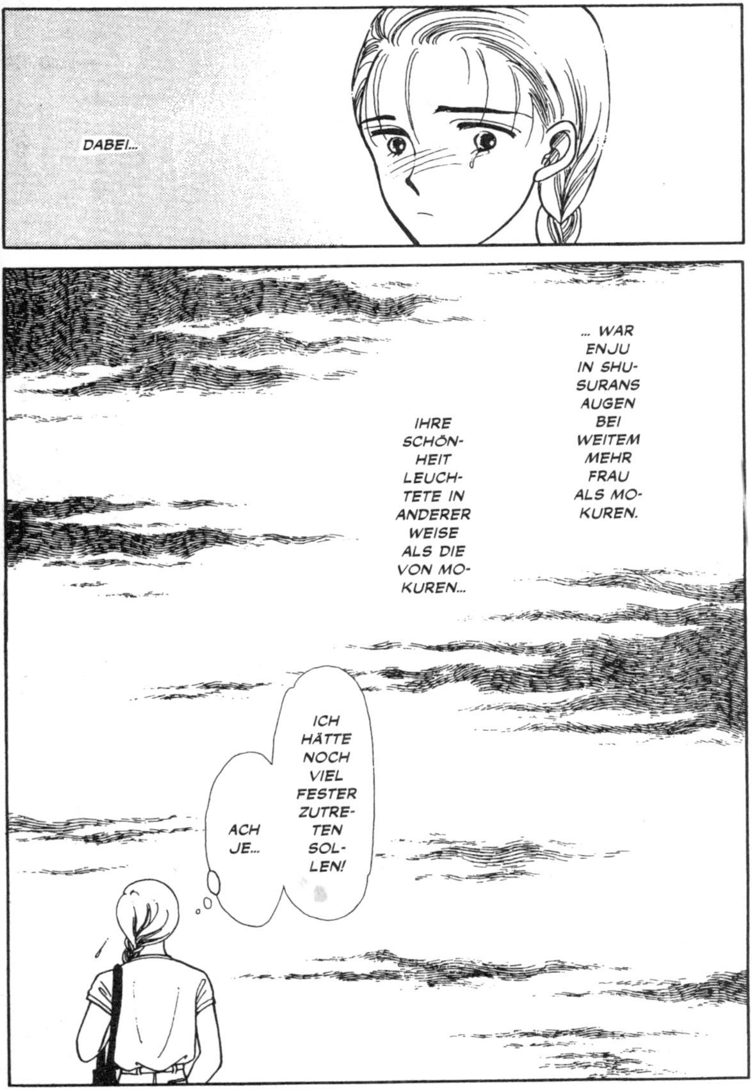

DABEI...
... WAR ENJU IN SHUSURANS AUGEN BEI WEITEM MEHR FRAU ALS MOKUREN.
IHRE SCHÖNHEIT LEUCHTETE IN ANDERER WEISE ALS DIE VON MOKUREN...
ICH HÄTTE NOCH VIEL FESTER ZUTRETEN SOLLEN!
ACH JE...

WOW!
TOLL! WER HAT DIESE ZEITLEISTE GEMACHT?
WARTE, ICH WEISS! HIIRAGI! AHAHAHA ...
RICHTIG! WORAN HAST DU DAS ERKANNT?
NA... HIER: "HIIRAGI MACHT SICH VORWÜRFE"...
HI-HI-HI
SEHR PERSÖNLICH!
ER SAGTE, ER WÜRDE VOR DER KLASSENFAHRT GERN NOCH EIN TREFFEN ABHALTEN...
U-HUM.
WOLLEN WIR ALICE-SAN...
... NICHT DAZU EINLADEN?

EIN BISSCHEN GESCHWÄTZ
Teil 8

Ich habe eine Menge Hefte mit unvollendet gebliebenen Manga: Campusgeschichten, SF-Spannung, Fantasy, Abenteuer- und Survivalstories und, und, und...
Alles für lange Fortsetzungen vorgesehene, nicht abgeschlossene Geschichten.
Ich hatte einfach kein Durchhaltevermögen.
Wuahahaha.
Tatsächlich gab es darunter auch einen SF-Manga mit dem lächerlichen Titel "Der ESPer Mikuro".
Ja, so ist es.
Es ist dieser "Mikuro"!
Wieher, Wieher, Wieher! 💧
Dieser Charakter ist eine schrecklich, ja geradezu peinlich alte Figur, die sich hier sozusagen eingeschlichen hat... 💧
Als es darum ging, ihn bei "PSME" einzusetzen, habe ich ein wenig gezögert, ob ich nicht wenigstens seinen Namen ändern sollte, doch weil mir der Name über die Jahre ans Herz gewachsen war, entschloss ich mich, ihn zu lassen. ❤

HMM ...
FLUPP
DAS IST EIN ARGUMENT.
NICHT WAHR?
EIGENTLICH IST ES NICHT ZU ...
... ÜBERSEHEN.
AUCH FÜR SIE SELBST NICHT.

ICH ÜBER-LASS ES DIR, SIE ZU ÜBER-ZEUGEN.
WA-RUM?
ICH HABE HEUTE KLAS-SENSPRECHER-TREFFEN UND...
BRABBEL
MÜRMEL
...
ACH ...
APRO-POS...
DIE KLAS-SEN-FAHRT!
JA?

HII-RAGIS UND SAKU-RAS SCHU-LE ...
ZUCK
HEY! WIESO NENNST DU SHUSURAN SO ACHTLOS "SAKURA"?
BAH, DIE FRAU IST SO FRECH, DAS IST DIE RICHTIGE ANREDE FÜR SIE ...
ABER HÖR ZU, DIE BEIDEN FAHREN AUCH NACH KYU-SHU!
UND DANN HABEN WIR GESAGT, WENN WIR UNS DA UNTEN ZUFÄLLIG TRÄ-FEN, KÖNNTEN WIR GLATT EIN TREFFEN ABHALTEN! WÄR DAS NICHT KLASSE? WAS MEINST DU?
...
WIEHER
WIEHER
DING DONG
MIST, DIE PAUSE IST UM, UND ICH HAB NOCH HUNGER!

Wer hat dir denn was von Kyushu erzählt?
WEISST DU DENN NICHT, DASS UNSERE KLASSE NACH KYOTO FÄHRT?
ÄHEM, JINPACHI?
JA-HAA?
DIESES JAHR HALT NICHT!
BISHER SIND ALLE IMMER NACH KYUSHU GE-FAHREN!
DU LÜGST.
HEUL HEUL HEUL HEUL
Die Reali-tät holt auch Jin-pachi ein!
AAAAH
Da war wohl der Wunsch Vater des Gedan-kens!
Alte Heulsuse ...
Wieso, wieso, wieso, wieso müssen wir dieses trau-rige Schicksal er-leiden und wieder an denselben Ort fahren wie in der Mittel-schule?!
WAS GIBT'S DA ZU HEULEN, OGURA?!

世界史
OH!
* WELTGESCHICHTE
VERFLIXT, ICH HAB EIN WICHTIGES BUCH VERGESSEN!
ÄHM, WER HAT HEUTE KLASSENDIENST?
AH... HIER!
RATTER
ALICE, AUF MEINEM TISCH IM LEHRERZIMMER LIEGT EIN BUCH MIT EINEM BILD VON EINER TOMATE DRAUF.
HOLST DU DAS BITTE?
DER DRITTE TISCH ODER?

IST... IST ER RAUSGESCHMISSEN WORDEN?
WA...WAS MACH ICH NUR?
UM ZUM LEHRERZIMMER ZU KOMMEN, MUSS ICH AUF JEDEN FALL DA VORBEI...
UND VORBEIGEHEN UND SO TUN, ALS OB ICH IHN NICHT SEHEN WÜRDE, GEHT AUCH NICHT...
...
ENT... ENTSCHULDIGE, JINPACHI-KUN!!

WUSCH
ÄH?!
ALICE-
SAN...
Ihm ist wohl gar nichts peinlich...
STOPP
BITTE GEH MIR NICHT AUS DEM WEG.

ES TUT MIR LEID ...
... DASS ICH DICH MIT MEINEN GEFÜHLEN BELÄSTIGT HABE.
ES WAR AUCH FALSCH VON MIR, ALL DIESE DINGE ÜBER RIN ZU SAGEN.
Jetzt schleimt er aber ganz schön...
ICH HÄTTE NATÜRLICH GERN EINE ANTWORT VON DIR, ABER ES EILT NICHT. FÜR DEN MOMENT...
... WÄRE ICH DAMIT ZUFRIEDEN, WENN DU EINFACH AKZEPTIERST ...
... DASS ICH IN DICH VERLIEBT BIN.

WENN DU MICH... UND MEINE ENTSCHULDIGUNG ERST MAL SO AKZEPTIEREN KANNST, DANN SAG EINFACH NUR: ICH HABE VERSTANDEN.
ICH ...
... HABE VER ... ... STANDEN ...

KOMM BITTE ZUM NÄCHSTEN TREFFEN, ALICE-SAN
ICH KENNE DEN GRUND ...
... WARUM DIE GINKGO-BÄUME VOR DEM MUSIK-RAUM SO UN-GEWÖHNLICH GEWACHSEN SIND.
... GUT ...
ICH WER-DE ...
... KOM-MEN.

ICH KOM-ME ZUM TREF-FEN.
GESCHAFFT !!

EIN BISSCHEN GESCHWÄTZ
Finale

In der Geschichte "ESPer Mikuro" kam in der Rolle des Bösewichtes auch ein Kind vor, ein extrem starker ESPer.
Dieser ähnelt Rin insofern, als dass er auch gern mal einen auf lieber kleiner Junge macht.
Das Zeichnen von negativen Charakteren finde ich im Grunde genommen viel reizvoller, doch ich hab das Gefühl, dass ich genau das früher immer eher vermieden hab... kein Wunder bei meinem Mangel an Begabung...
Mir wurde schnell klar, dass Theorie und Praxis zwei grundverschiedene Dinge sind... .
Bis zu "PSME" dachte ich beim Zeichnen immer: "Nein, ich bin noch weit davon entfernt, das ist gar nichts...". In letzter Zeit beginn ich allmählich, meine Erfahrungen in die Praxis umzusetzen...
Sowohl Rin als auch Haru sind ja eher negative Charaktere, und für den Zeichnenden sind sie sowohl interessant als auch schwierig. Wieher!
Also dann, Leute, bleibt mit beiden Beinen schön feste auf dem Boden und streckt beide Arme ganz lang nach den Sternen aus.
Und immer gesund bleiben, okay?!! ❤
Auf Wiederschauen!
❤ Sayonaraaaa!
12.2.1989

ICH FÜHLE MICH VON Z-KK101 AUCH MERK-WÜRDIG ANGE-ZOGEN.
UND ZWAR SO SEHR, DASS ICH NUR AUS DIE-SEM GRUND DORTHIN GEHE, VER-STEHST DU?

ABER DIE AN-ZIEHUNG AN SICH IST MIR UNBE-GREIF-LICH...
VIEL-LEICHT HÄLTST DU MICH JETZT FÜR VERRÜCKT, ABER...

... ICH HAB SOGAR DAS GEFÜHL EINER STARKEN, SEHNSUCHTSVOLLEN VERTRAUTHEIT.
ABER NEIN, MOKUREN! ICH ...
... VERSTEH DICH!
ICH ... AUCH MIR GEHT ES SO!
ICH HABE GENAU DAS GLEICHE GEFÜHL!!
FREU
SCHÜTTEL SCHÜTTEL SCHÜTTEL
ACH, TATSÄCHLICH?!

WEISST DU... VIEL-LEICHT ...
... IST ES JA SO WAS WIE BEI DEN FI-SCHEN ?
UNTER DEN FI-SCHEN GIBT ES DOCH EINIGE ARTEN, DIE SO ETWAS WIE EINEN RÜCKKEHR-INSTINKT BESITZEN ...
UM ZU LAICHEN, KEHREN SIE ZU DEM FLUSS ZURÜCK ...
... IN DEM SIE ZUR WELT KAMEN, NICHT WAHR ?

WENN WIR ...
... UNS Z-KK101 GEGEN-ÜBER SEHEN ...
... HABEN WIR VIEL-LEICHT EINEN ÄHN-LICHEN IN-STINKT WIE DIESE FISCHE ...
... UND EMPFINDEN DESWEGEN DIESE UNERKLÄRLICHE SEHNSUCHT.

DA WIR UNS NICHT ER-INNERN, OB WIR JE-MALS DORT GEWESEN SIND...
... KANN VON RÜCK-KEHR NATÜR-LICH KEINE REDE SEIN... UND DOCH ...
... HABEN WIR BEI SEI-NEM ANBLICK DIE SEHNSUCHT, ZURÜCKZU-KEHREN...
... ZU JENEM STERN.

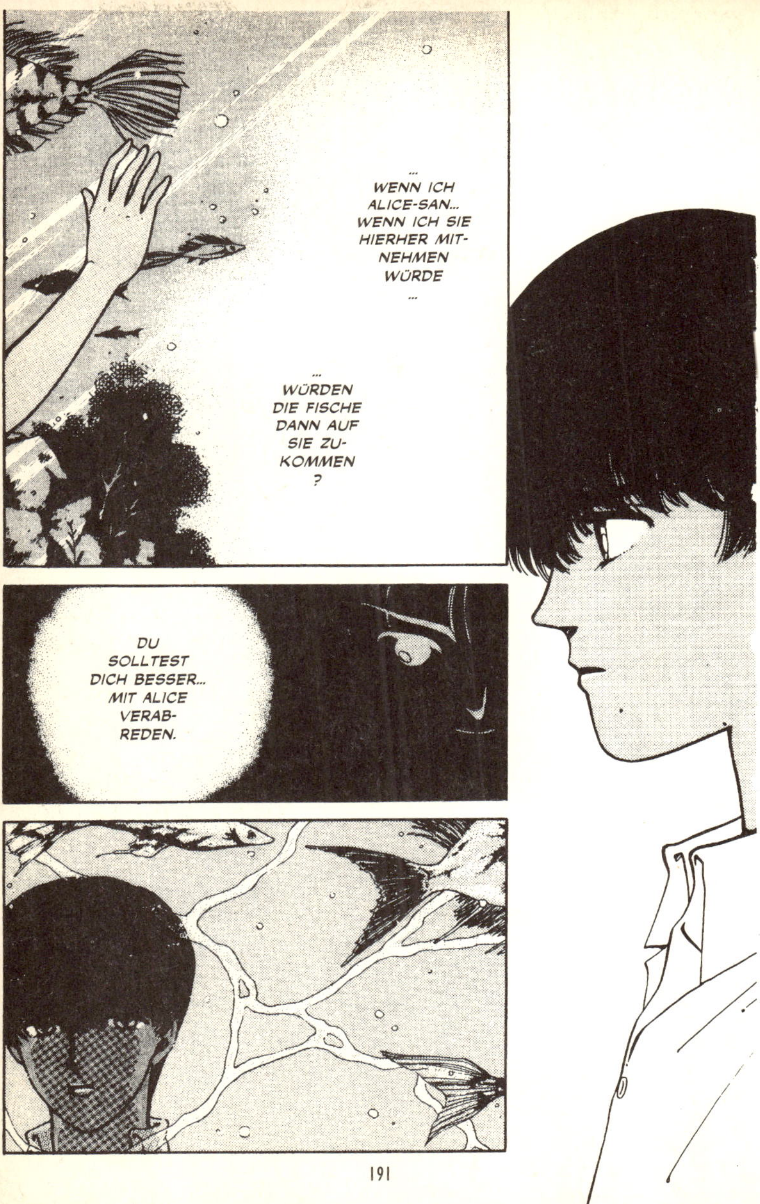
... WENN ICH ALICE-SAN... WENN ICH SIE HIERHER MIT-NEHMEN WÜRDE ...
... WÜRDEN DIE FISCHE DANN AUF SIE ZU-KOMMEN ?
DU SOLLTEST DICH BESSER... MIT ALICE VERAB-REDEN.

FLAPP

OJE
!
ALLES RUNTER-GEFAL-LEN...
AH
...
HIER
...
OH
...
DAN-KE.

BIST DU ALLEIN ?
ÄH... JA.
KOMMST DU ÖFTERS HIERHER?
NEIN... IRGEND-WIE...
... WOLL-TE ICH PLÖTZ-LICH FISCHE SEHEN ...
MAGST DU... FISCHE ?
EH?

Denkt: "Oje, hoffentlich hab ich ihn nicht verschreckt..."
WAS WILL DER NUR...
JA ...
ICH FIND SIE NICHT ÜBEL.
A... ACH JA? DAS IST SCHÖN!
DANN ...
... SCHENK ICH DIR DAS HIER.

熱帯
NIMM ES BITTE.
* WAS SCHWIMMT DENN DA?
...
ALSO DANN, TSCHÜSS.
... ÄH ...
KOMISCHER TYP
BLÄTTER

Ich halte die Telepor-
tation für etwas, das,
unabhängig von der
Durchführung, eine
extreme Belastung
für das Herz bedeutet,
deshalb solltest du es
lieber nicht zu oft
machen. Gib bitte ein
wenig mehr acht auf
deinen Körper. M.

瞬間移動は、
やり方はどうあれ 結局
心臓にえらい負担の
かかるものやと思いますから
あんまりやらん方が
ええんやないかと思います。
自分の体、もっと
大切にしてください。
M.

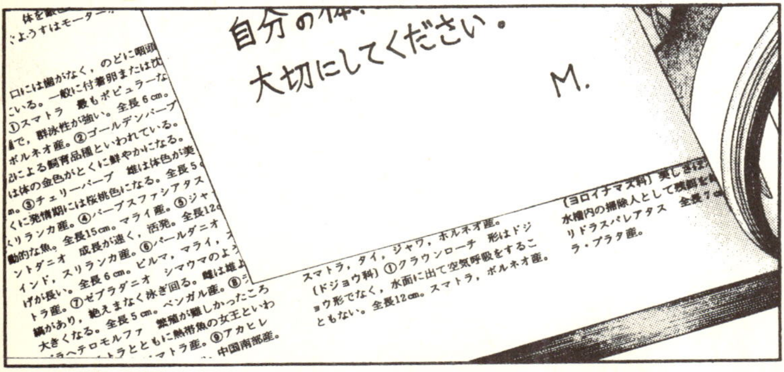
自分の体
大切にしてください。
M.
スマトラ，タイ，ジャワ，ボルネオ産。
(ドジョウ科) ①クラウンローチ　形はドジ
ョウ形でなく，水面に出て空気呼吸をするこ
ともない。全長12cm。スマトラ，ボルネオ産。

PLEASE SAVE MY EARTH 6 / ENDE

CLOVER
Wenn du ein vierblättriges Kleeblatt findest,
CLAMP 1
CLOVER
© CLAMP
hast du das Glück gefunden.
CLOVER
Taschenbuch
Bisher vier Bände erschienen.
MANGA
www.carlsencomics.de
CARLSEN COMICS
Erhältlich überall wo es Comics gibt!

MAGIC KNIGHT RAYEARTH
Drei Mädchen im
KAMPF UM CEPHIRO
Magic Knight Rayearth
Taschenbücher
Abgeschlossen
in sechs Bänden!
MANGA
www.carlsencomics.de
CARLSEN COMICS
MAGIC KNIGHT RAYEARTH
CARLSEN COMICS
CLAMP

Himmel und Hölle auf Erden:
ANGEL SANCTUARY
© Kaori Yuki
Alle zwei Monate neu!
ANGEL SANCTUARY
Kaori Yuki
1
Angel Sanctuary
Taschenbücher
MANGA
www.carlsencomics.de
CARLSEN COMICS
Erhältlich überall wo's Comics gibt.

CARLSEN COMICS
1 2 3 4 5 05 04 03 02
Deutsche Ausgabe/German Edition

Aus dem Japanischen von Antje Bockel
Boku no Chikyuu wo Mamotte by Saki Hiwatari

First published in Japan in 1989 by HAKUSENSHA, INC., Tokyo
German language translation rights in Germany arranged with
HAKUSENSHA, INC., Tokyo through TOHAN CORPORATION, Tokyo
Redaktion: Petra Lohmann
Textbearbeitung: Ina Schiele
Lettering: Christoph Feist
Herstellung: Kerstin Mardfeldt
Druck und buchbinderische Verarbeitung:
Nørhaven Paperback A/S (Viborg, Dänemark)

ISBN 3-551-75536-1
Printed in Denmark

www.carlsencomics.de

HALT

Dieser Comic beginnt nicht auf dieser Seite. »Please Save My Earth« ist ein japanischer Comic. Da in Japan von »hinten« nach »vorne« gelesen wird und von rechts nach links, müsst ihr auch diesen Comic auf der anderen Seite aufschlagen und von »hinten« nach »vorne« blättern. Auch die Bilder und Sprechblasen werden von rechts oben nach links unten gelesen, so wie es die Grafik hier zeigt. Schwer? Zuerst ungewohnt, doch es bringt richtig Spaß. Probiert es aus!

Viel Spaß mit »Please Save My Earth«!